KB097087

이달의 장르소설

이달의 장르소설

3

이신주

정진영

박상호

범유진

강혜림

강민지

고즈넉
이엔티

이달의 장르소설3

1쇄 발행 2022년 8월 29일

지은이 이신주, 정진영, 박상호, 범유진, 강혜림, 강민지
펴낸이 배선아
편 집 정수정
디자인 엄인경
펴낸곳 고즈넉이엔티

출판등록 2017년 3월 13일 제2022-000078호
주소 서울특별시 중구 청계천로 40, 1203호
대표전화 02-6269-8166 **팩스** 02-6166-9199
이메일 gozknockent@gozknock.com
홈페이지 www.gozknock.com
블로그 blog.naver.com/gozknock
페이스북 www.facebook.com/gozknock
인스타그램 www.instagram.com/gozknock

ⓒ 이신주 · 정진영 · 박상호 · 범유진 · 강혜림 · 강민지, 2022
ISBN 979-11-6316-382-4   03810

표지이미지 Designed by Getty Images Bank, Freepik

차례

난세의 미꾸라지

이신주

「한 번 태어나는 사람들」로 2018년 제3회 한국과학문학상 중단편 부문 대상을 받았으며, 「내 뒤편의 북소리」로 2022년 제2회 문윤성SF문학상 중단편 부문 대상을 받았다. 2022년 부천국제판타스틱영화제 괴담 앤솔로지 『세계 괴담 모음』에 「그루츠랑의 피아노」를 수록했다. 같은 해 『이달의 장르소설2』에 「어느 쪽에서 보아도」를 수록했다.

글은 태생적으로 아이러니한 장르라고 생각한다. 글쓰기란 나와의 싸움인데 그 싸움을 끝내는 것은 결국 내가 아닌 남들의 인정이기에. 이렇듯 이왕 아이러니한 장르에 발 담근 것, 있는 힘껏 많은 아이러니를 생각하고 쓰며 시간을 보내고자 노력 중이다.

사람들이 선 줄이 길게 늘어섰다. 곧게 뻗을 공간이 없는 줄은 꼬불꼬불 말렸다. 죽어서 바싹 마른, 다리가 많은 벌레처럼. 그러지 않고선 몰려든 사람들을 감당할 수가 없었다. 사람들의 어깨와 어깨가, 코끝과 코끝이 빈틈없이 맞닿았다. 온전히 내 것이 아닌 숨을 그것도 남이 뱉은 것이나마 날름 받아먹어야 했다. 그렇게나 많은 사람, 사람, 사람.

소문을 듣고 먼 마을에서 자신의 운을 시험해보러 온 사람도, 그저 구경이나 해보러 온 사람도 있었다. 콧물을 빗금처럼 흘리는 꼬맹이도, 개울로 빨랫감을 이고 가던 아낙도, 소젖을 주무르던 농부도, 샛말간 땀을 뻘뻘 흘리던 대장장이도 모두 모였다. 그나마 발 디딜 틈이라도 있는 곳은 중앙에 비워둔 약간의 성역 혹은 금기였다. 어떤 장치를 둘러싸고 트인 공간.

중앙의 장치는 그다지 크지 않았다. 너비는 건초를 싣는 수레보다 작았고, 높이는 농부의 쇠스랑을 넘지 못했다. 바짝 독이 오른 염소가 들이받으면 곧장 벌렁 넘어갈 것 같았다. 전체적으로 고른 육면체의 형상을 띤 그것은 사람의 배꼽쯤 올 곳에 볼록한 둥치를 달고 있었다. 그보다 조금 낮은 곳엔 눈살처럼 찌푸린 구멍이 있었다. 그밖에 다른 튀어나온 곳은 달리 없이 매끈했다.

그것은 이따금 빛도 없는 와중 저 혼자 포도색 별처럼 반짝였다. 기묘한 외양은 마치 잘 깎은 돌처럼도 보였지만 약을 칠하고 말린 나무처럼도 보였다. 혹은 말도 안되는 일이지만, 그 자체가 하나의 금속 세공품으로 보이기도 했다. 대장장이들은 대체 어떤 신묘한 기술을 써야 그런 공예가 가능할지를 두고 설왕설래했다.

그런 것을 한가운데 두고 조금씩 줄이 앞으로 움직였다. 아주 느린 소용돌이처럼.

바싹 마른 흙먼지와 땀, 남의 헛바닥에서 풍기는 단내를 맡으며 모두가 참을성 있게 기다렸다. 장치의 앞에는 한 번에 오직 한 사람만이 허락되었다. 마침내 제 차례가 된 누군가가 고개를 들었다. 짙은 갈색 옷을 입은 아주 작고 꼬부라진 노인이었다. 죽은 것을 주워 먹는 벌레처럼 그가 장치를 향해 설설 다가갔다.

"멈추어라!"

장치를 지키던 병졸이 서슬 퍼런 창날을 들이댔다.

"네놈은 전에도 오지 않았느냐!"

병졸이 사납게 쏘아붙였다.

"이미 만진 사람은 소용이 없는 걸 알면서, 무슨 짓이냐?"

휘장과 술이 달린 제복에 깃털을 꽂은 군모. 궁궐의 일개 병졸이라곤 해도 마을 사람들이 보기엔 하늘처럼 높은 신분이었다.

"나으리, 뭔가 잘못된 겁니다요."

꼬부랑 노인이 넙죽 허리를 굽혔다.

"한 번만 더 기회 주십쇼."

그의 간절한 호소는 그러나 역효과만 불러왔다.

"지금 그럼, 먼젓번의 결과가 잘못되었다는 것이냐?"

병졸이 눈을 부라렸다.

"감히 믿지 않겠다는 것이야?"

"그, 그것이 아니옵고……."

노인은 더욱 궁색해진 제 살길을 찾아 혀를 움직였다.

"하지만, 동화라도 한 닢 나와야 하는 것이 아닙니까?"

노인이 울다시피 고했다.

"아무것도 그렇게―"

"그만! 더 이상 듣지 않겠다!"

병졸이 성가시다는 듯 고갯짓했다.

"다음!"

노인의 눈이 절망의 빛으로 물들기도 전, 뒤에서 기다리던 손길들이 빼곡하게 그의 등짝에 들러붙었다.

"아, 그만 나오라고 하지 않아요?"

굳은살 뒤편으로 숨어버린 손아귀들은 노인의 등덜미와 옆구리와 멱을 부여잡았다. 해진 옷 솔기가 부드득, 뜯어졌다.

"그래요, 좀 비켜요!"

아낙이 꼬질꼬질하게 물든 앞치마를 펄럭이며 길을 냈다.

"우리 애들이 얼마나 기다렸는데!"

아낙은 양팔에 갓난쟁이들을 포도송이처럼 주렁주렁 받쳐 안고 있었다. 질끈 동여맨 머리칼은 잡초처럼 억셌고, 뚱뚱한 치맛자락 밑으로 드러난 발목은 모루 위에서 두들겨 빚은 것처럼 강인했다. 제 엄마의 성격을 따라가는지 안긴 아기들도 칭얼거리는 일 하나 없이 그 북새통을 버텼다.

"나으리, 이 애들은 전부 아직 닿아본 적 없습니다."

아낙이 허겁지겁 고했다.

"물론 전부 해봐도 되겠지요?"

병졸이 못마땅하게, 그러나 확실히 허락의 뜻으로 손짓했다. 아낙이 헐레벌떡 장치로 달려들었다.

"세상에, 저게 다 그럼 갓난쟁이들이야?"

저만치서 차례를 기다리는 다른 아낙들이 수군거렸다.

"참 수완도 좋지."

"그러게 말예요."

누군가 폭 한숨을 쉬었다.

"우리 양반은 아기씨는커녕 밤일도 제대로 못 치르는데."

"어리면 어릴수록 결과가 좋게 나온다는 게 정말인감?"

"그렇다고는 하던데유."

그들의 이야기꽃은 질투와 부러움을 뒤섞어 피어났다.

"말도 안 되는 소리."

한 명이 분을 참지 못하고 큰 소리로 말했다.

"우리 애들은 그럼 애가 아니고 뭐야? 말짱 다 황이던걸."

장치 앞의 아낙은 저를 두고 오가는 이야기에 아랑곳하지 않고 ― 실제로도 어차피 들을 수 없었다 ― 아기들의 팔을 잡고 구슬렸다. 그리고 한 명 한 명의 손을 장치의 볼록한 부분에 문질렀다. 부르르. 반응은 즉각적이었다. 장치가 몸을 떨었다. 그렇게 아기의 손길이 닿으면 닿는 대로 그 아래 좁은 구멍에서 무언가 떨어졌다. 구리로 만들어진 동전이었다. 양은 매번 달랐다. 어떨 땐 여섯 푼, 어떨 때는 네 푼, 어떨 때는 열일곱 푼, 어떨 때는 또 여섯 푼. 아예 반응이 없는 아기도 한 명 있었다.

"똥. 똥. 똥."

아낙의 애끓는 속을 누군가의 혼잣말이 쿡 찌르고 들

어왔다.

"이번엔 죄다 저 꼴이구만."

"은 한 푼 못 건지면 속 좀 쓰리겠어."

걱정인지 조롱인지 모를 소리였다. 킬킬킬. 성가신 웃음소리를 아낙은 눈을 흘겨 제압했다. 그리곤 결연한 빛으로 입술을 깨물었다. 이제 손을 올리지 않은 아기는 한 명뿐이었다. 아낙은 마지막 아기의 손을 둥치에 비볐다. 부르르. 이번에도 장치는 망설이지 않았다. 그런데 그 뒤의 소리가 달랐다. 떨그렁.

지켜보던 사람들이 덩달아 제 뱃속에 무언가 떨어진 듯 가슴팍을 움켰다. 귀가 아니라 머릿속으로 먼저 알게 되는 결과였다. 아낙은 한바탕 자지러지더니 천천히, 아주 천천히 무릎을 구부렸다. 양손으로는 바닥을 짚은 채 부릅뜬 눈을 구멍에 갖다 댔다. 무언가 보였다. 영롱하게 반짝이는…….

"나, 나왔다!"

"금, 금이야, 금!"

"우와아! 우와아아……!"

한참 먼 곳에서도 그 소리는 똑똑히 들렸다. 덩실덩실 춤추는 아낙과 시기 섞인 환호를 내뱉는 사람들, 주위가 시끄러워지자 영문도 모르고 목 놓아 우는 아기들까

이신주

지. 멀리서 내려다보니 눈, 코, 입이 다 뭉개진 낙서끼리 바글바글 모인 것 같았다.

　산 중턱의 소년은 그 모든 것을 잠자코 내려다보았다. 아낙이 거머쥔 순금 동전은 햇빛을 받아 눈부시게 빛났다. 아이가 입술을 질겅질겅 씹었다.

🐌"표정이 안 좋군."

　뒤편에서 돌연 낯선 목소리가 들려왔다. 소년의 온몸의 털이 찌릿찌릿 일어났다.

　"이미 해봤는데 동화나 몇 푼 나왔니?"

　소년이 화드득 몸을 일으켰다. 그러다가 발뒤꿈치가 돌부리에 걸려 꼴사납게 비틀거렸다. 비탈을 따라 아이의 몸 대신 자갈과 삭정이 따위가 무너져 내렸다.

　"아니면 아무것도?"

　아이는 허둥지둥 균형을 잡으며 비로소 목소리의 주인을 보았다.

　그는 저보다 머리 몇 개는 더 컸다. 그와는 반대로 홀쭉한 체형은 마치 웃자란 잡초를 보는 것 같았다. 그것 외엔 자세히 알 수가 없었다. 그가 태양 아래 분명히 드러낸 곳이라곤 로브로 감싸지 않은 두 손뿐이었다.

　"뭘 그렇게 놀라고 그래?"

그는 격의 없이 물었다. 빛이 닿지 않는 로브 안은 동굴처럼 먹먹했다. 말을 하면서도 얼굴을 드러내거나 할 생각은 들지 않는 모양이었다.

"당연히 놀라죠."

소년이 투덜거렸다.

"아무 기척도 없었는데!"

약간은 표독스러운 말투였지만, 아이의 눈길은 이미 남자의 두 손을 유심히 살피고 있었다. 손들은 마치 여자의 그것 같았다. 아니, 마을 어떤 젊은 여인의 손과도 달랐다. 가늘고 매끈하고 고운 젖빛. 분명 고된 일이라곤 해본 적 없는 아주 높은 분이었다.

"그러니? 미안하구나."

아무렇지도 않게 사과를 건네는, 아니 사과라고 볼 수도 없는 그저 무심결에 하는 인사. 이것도 소년이 사는 곳에선 쉬이 하기 힘든 일이었다. 징그러운 민달팽이 떼가 한 해 농사를 결딴내고, 돼지의 젖꼭지가 찢어져 기껏 낳은 새끼들을 먹이지도 못하고, 엊저녁 돌아오지 않던 양몰이의 뼈다귀가 어느 날 울타리 저편을 나뒹구는 그런 곳에서는, 그런 삶에서는 좀 더 무겁고 정확하고 쓰리도록 진심 어린 말들을 서로 나눠야 했다.

"여기 분이 아니시군요?"

아이는 그가 대뜸 정체를 드러내진 않으리라 믿었다. 권위로 찍어 누를 거였다면 처음부터 궁궐의 문장을 박은 마차를 대동하고 나타났을 테니.

"오, 관찰력이 좋구나."

남자는 양손을 발랄하게 흔들었다.

"그래. 맞아."

어쩐지 놀리는 것 같았다.

"난 저 *기계*가 잘 작동하는지 확인하러 왔단다."

기계? 모르는 말이었다. *어쨌든 궁궐의 관리였구나.* 아이는 생각했다. 하기야 장치가 아무리 신묘해도 저 혼자서 무한한 금과 은, 동을 쏟아낼 순 없는 노릇이었다. 가끔 모든 게 잘 되어가는지 확인도 해야겠지.

"뭐…… 별문제는 없는 것 같아. 안 그러니?"

그가 말했다.

"그리고 너에겐 안타깝지만, 모두가 금화가 나올 순 없단다."

그가 대수롭잖게 고개를 저었다.

"너무 마음에 담아 두진 말렴."

"안 했어요."

소년은 굳은살처럼 딱딱하게 대답했다.

"오?"

그의 입술이 달싹였다. 반은 놀라움으로.

"저런, 왜 아직도?"

나머지 반은 이전보다 더 깊고 진한 동정심으로.

"할 일이 많나 보구나…… 가만, 넌 농부인가?"

그가 기척도 없이 다가왔다. 아이는 놀란 티를 내지 않으려 노력했다.

"아니, 손톱이 깨끗한걸."

흐음. 여전히 들여다볼 수 없는 얼굴로 그가 신음했다.

"그러면 상인? 수레를 끌 만한 체형도 아냐. 보자, 사지가 잘 뻗었고, 균형 잡힌 체구에 주로 어깨와 팔을 많이 썼어. 사냥꾼인가?"

숫제 제멋대로인 추리였다. 하지만 더 신경 쓰이는 부분은 그 뒷말이었다.

"근데 그러기엔 좀 어려 보이는걸."

또 *이거야.* 소년이 속으로 한숨을 쉬었다. 마을 어른들한테도 퇴짜를 맞는데 이제 낯선 남자마저 꼬치꼬치 따지고 들다니. 아이는 주섬주섬 무언가를 꺼내 들었다. 단단한 나무를 깎아 만든 도구였다. 도구의 위편은 갈라진 두 갈래가 계곡의 골처럼 벌어져 있었다. 아래편의 똑바른 손잡이는 잡기 좋도록 길고 두툼했다. 신축성 있는 끈이 위의 벌어진 곳을 길게 늘어뜨리며 연결했다.

"나이는 어려도, 이게 있으면⋯⋯."

"새총이로구나!"

남자가 대뜸 그것에 눈독을 들였다. 그리고 또 모르는 말.

"뭐. 새를 잡기도 하니. 그렇게도 부를 수 있겠네요."

당황한 아이는 마음에도 없는 말을 뱉었다. 낯선 남자
는 개의치 않고 아이의 도구를 이리저리 살폈다.

"굉장해. 네가 만든 거냐?"

잠깐이지만 로브의 컴컴한 어둠 너머로 바늘처럼 예
리한 눈빛이 튀었다. 아이는 얼떨떨해져 저도 모르게 제
손에 든 *끈*을 당겼다가 놓았다. 팽팽해질 때까지 힘을
받은 끈은 한참이나 철썩거리며 벌어진 틈을 왕복했다.

"자연물로 이 정도의 *탄성에너지*를, 거기다가 구조적
으로도 안정적이야."

남자는 계속해서 감탄했다. 아이에게는 또 하나의 모
르는 말이었다.

"혁대를 고정하는 데 쓴 이 금속 징은 어떻게 구했지?
정교하기 이를 데 없군! 탄환으로 쓰는 돌멩이도 혹시
따로 거치는 공정이 있고?"

아이는 기분이 좋아졌다. 누군가가 그렇게나 열심히
자기 발명품을 봐준 것은 처음이었다. 마을 어른들은

19

난세의 미꾸라지

자신이 자랑스레 내보인 도구를 괴상한 장난감밖에 되지 않는다며 무시했다. 첫인상은 괴상할지언정 로브를 입은 남자는 한눈에 제 진가를 알아봐준 최초의 어른이었다.

"다 생각한 게 있죠!……"

신이 나서, 소년은 열심히 이것저것을 설명했다. 가령 질기면서도 낭창낭창 잘 늘어나도록 가죽을 무두질하는 방법이라든가, 녹은 쇠를 높은 곳에서 떨어뜨려 굳힌 일 따위였다.

"놀랍군, 놀라워."

낯선 남자가 연신 고개를 주억거렸다.

"그러니 눈코 뜰 새 없이 바쁜 것도 설명이 되지. 기계를 만지지 못하는 것도 말야."

만지지 '못'한다는 그 표현. 분명 본인은 아무렇지도 않게 던졌을 말에 소년은 왠지 가슴이 뜨끔했다. 그냥 그렇다고 맞장구를 칠까. 멍청하다고 그도 생각할지 모른다.

"그건 아녜요."

그러나 입이 제때 다물리지 못했다.

"바빠서 못 만지는 건 아녜요."

아이는 본인이 듣기에도 변명 같은 말을 했다.

"그러니?"

로브를 입은 남자가 물었다.

"그럼 왜 기계를 작동시키길 꺼리지?"

"그럴 필요가 없으니까요."

아이가 말했다.

"저걸로 동전을 받지 않아도 잘 살 수 있어요. ……정직하게, 땀 흘려 일하면서."

소년은 말하며 괜히 손등을 벅벅 긁었다. 마지막 말은 괜히 했다 싶었다. 아니나 다를까 낯선 남자가 히죽 웃었다.

"필요가 없다, 라."

가볍기 그지없는 그 웃음. 만난 지 얼마 안 되었는데도 벌써 그것이 해묵은 습관처럼 느껴졌다. 무심결에 건넨 사과처럼, 무엇이든 일단 물러서서 경계해본 적도, 그럴 필요도 없는 사람의 처신.

"그렇다면 꺼린다는 것은 인정하는 거로군. 그리고 '노동의 가치'라."

남자는 갑자기 엉뚱한 혼잣말을 풀어놓기 시작했다.

"땀 흘려 일하는 숭고함. 노력은 부를 가져오고, 그것이 수고로우면 수고로울수록 저울의 반대편에는 그에 비례하는 보답이 얹히리라 믿는 것. 색다르구나."

그가 말했다.

"*내가 온 곳에선 오래전 잊힌 개념이거든.*"

내가 온 곳이라. 불현듯 아이는 그가 사용한 낯선 말들을 떠올렸다. *탄성에너지. 새총, 기계*……. 전부 낯선 소리였다. 그런데도 남자는 그 이름들이 정말 어떤 뜻을 가지는 것처럼, 그리고 모두가 이미 아는 단어처럼 입에 담았다. 어쩌면 성벽 안에선 일상적으로 쓰이는 말들일까? 자신이 어떤 성(姓)도 왕으로부터의 부름도 받지 못한 까닭에 못 알아들을 뿐일까? 하지만…….

"이제야 알았어요! 당신, 연금술사시죠?"

아이의 눈이 번쩍하고 빛났다.

"저 장치도 당신께서 만드신 거고요!"

"연금술사라?"

역시 남자는 깊게 생각하지 않았다.

"그렇게 불러도 좋단다."

말은 전혀 진지하게 들리지 않았지만, 아이는 그가 원래 그런 사람이란 것을 이미 알았다.

"저 기계…… 음. '장치'를 만든 것도 내가 맞단다. 그러니 네가 원한다면 그렇게 부르렴."

"세상에, 아!"

아이는 새된 소리로 환호했다.

이신주

"진짜 연금술사는 처음 봐요! 그, 근데 그럼 궁궐에서 오신 게 아닌가요?"

아이는 발을 동동 굴리며 속사포처럼 말을 쏟아냈다.

"하지만 저 병사들은……. 하지만 연금술사들은 전부 높은 분들께서 탄압한다고 들었는데. 아닌가요?"

아이가 눈을 동그랗게 떴다.

"혹시 지금 위험하신 것 아닌가요?"

"모든 연금술사가, 아니 연금술사라고 불릴 수 있는 모두가 방랑하는 자유로운 영혼은 아니란다."

남자가 가슴을 펴며 웃었다.

"내 입으로 말하자니 뭐하지만, 나로 말할 것 같으면 꽤 수완이 좋지마는 오직 나 자신의 안락을 위해 어떤 웅장한 일과 명분도 기꺼이 갖다 붙여버리지."

남자가, 아니 더 이상 낯선 누군가가 아닌 현명한 연금술사가 손가락을 뻗었다. 그는 저 아래편 장치를 두고 구름처럼 몰려든 사람들을 가리키고 있었다.

"저것 또한 성문을 두들긴 내가 제안한 계약이란다."

아이는 연금술사를 우러러보았다. 질문이 떨어지기도 전에 고개부터 끄덕거리고 있었다.

"저게 정확히 어떤 기계인지, 왜 이런 곳에 두었는지 알고 싶으니?"

만약 소년이 성채 안쪽의 관습에 익숙했더라면 넙죽 무릎을 굽히며 이렇게 말했을 것이다. 오 연금술사시여, *그대의 고귀한 지혜를 부디 나누소서!*

"난 아주 먼 곳에서 왔단다."

연금술사의 첫마디는 뻔했고, 그래서 더 믿음직스러웠다.

"고향은 이곳과 전혀 다른 곳이었다. 말도, 기술도, 그래서 생각하는 법도 달랐지."

그는 먼 곳을 바라보며 술회했다.

"우리의 질서는 산처럼 높으면서도 바다처럼 깊고, 하늘처럼 넓으면서도 그물처럼 촘촘했다. 이곳의 사람들이 텅 빈 바람, 맑은 공기라고 부르는 곳에서 우리는 우주에서 가장 강력한 힘을 끌어낼 수 있었지."

연금술사가 잠시 침묵을 지켰다.

"결국 그런 힘이 날 이곳으로 보낸 셈이지만……."

별과 별 사이를 아무리 잇더라도, 이제는 그대를 볼 수 없구나. 그가 작게 읊조렸다. 그 말은 이제 아이뿐만이 아니라 누구에게도 닿을 수 없었다.

"처음에는 온갖 고생을 다 했단다. 몇 번은 심지어 목숨을 잃을 뻔도 했지."

아이는 연금술사가 손사래를 치는 것까지도 흥미진

이신주

진하게 바라보았다.

"자잘한 이야기는 듣고 싶지 않을 테지? ─ 야생 버섯을 먹다가 토사물에 질식할 뻔한 일, 숲에서 가시 잎사귀로 뒤를 닦을 뻔한 일에 무슨 재미가 있겠니."

그 말대로였다. 아이가 보고 싶은 것은 위대한 연금술사가 위대한 재주를 부리는 장면이었다.

"다행히 어느 귀족이 날 눈여겨본 덕에 용케 내궁에 발을 들여놓을 수 있었단다. 어쨌든 날카로운 재주를 가진 사람은 어딜 가든 눈에 띄기 마련이니."

아이는 전율했다. 벌써 궁궐에 들어갔다니. 그것도 귀족께서 친히 그 손을 붙잡고 끌어주셨다니! 마을 사람들 모두가, 아니 산과 강을 건너 나라의 모든 농부와 그의 아내와 아이들이 오매불망 그리는 꿈이었다. 그런 것을 연금술사는 이미 이야기의 시작으로 삼아버렸다. 아무렇지도 않게 입에 담았다.

"바깥을 떠돌며 나는 너무 많은 것을 보았다. 적어도 그렇게 생각했지."

로브 속 보이지 않는 눈초리가 아이의 어깨너머 마을의 정경으로 향했다.

"기계는커녕 순수한 쇠를 뽑는 법도 모르는 대장장이들, 길섶엔 똥오줌을 먹고 자란 풀이 즐비하고, 반쯤 벌거벗은 아이들이 날벌레와 열매를 주워 먹으며 돌아다니고, 숲속엔 잇자국이 남은 해골이 굴러다니는……. 그러나 궁궐을 보자마자 그 모든 게 열병에 걸려 꾼 꿈처럼 느껴졌다."

연금술사가 손가락을 하나하나 꼽기 시작했다.

"그곳은 뭐든지 잘 익은 복숭아처럼 달콤하고, 발그레했지. 햇살도, 바람도, 심지어 연회복을 입고 돌아다니는 보송보송한 도련님과 아가씨의 숨결에서도 복숭아의 냄새가 났다. 평생 쇠붙이라곤 은 식기를 빼곤 쥐어본 적 없는 안락한 생활. 그래서 나는 적절한 환경이 갖춰졌다고 생각했다."

연금술사의 목소리가 그날의 기대를 되살리듯 떨렸다.

"내가 편안하게 머무를 수 있는 곳을 찾았다고, 또 스스로의 두각을 드러낼 기회를 찾았다고 생각했지. 그래서 나의 재주로 어떻게든 그들에게 보답할 방법을 찾았다."

"어떤 가문의 전속 요술사가 된 건가요?"

이런 질문을 던진다고 딱히 달라질 것은 없었다. 궁궐 안의 생활에 대해서 아이가 아는 거라곤 쥐뿔도 없었으니. 그렇다고 해서 가만히 듣고 싶지만은 않았다. 자신도 무언가 말을 덧붙이고 싶었다. 그러면 좀 더 그곳에, 성벽 안의 복숭앗빛 세계에 조금이나마 다가설 것 같았다.

"가문이라? 특정한 혈족이 아니다. 내가 보답하고 싶은 것은 궁궐의 모든 이들, 말하자면 전체 지배계급이었지."

그가 잠시 말을 멈추었다.

"무엇보다 특정한 가문이나 그들의 깃발 아래 선다면 불어올 역풍, 이 앙증맞은 시대 특유의 물 밑 암투나 역학 관계…… 그런 것들에 휘말릴 게 뻔하니까."

그가 진저리쳤다. 진리를 찾는 것이 지긋지긋해진 연금술사처럼.

"나는 복잡한 것을 단순하게, 단순한 것을 유일하게 만드는 데 이골이 난 사람이란다. 그래서 일을 더 복닥복닥하게 만드는 건 참을 수가 없어. 나는 이 사회 구조 전체에, 체제의 안정성에 보답하려고 했다. 부단한 노력 끝에 나만의 공방을 하사받았고 그걸로 만들어준 것이…… 저 기계지."

엥? 아이의 입꼬리가 비틀렸다. 그러고 보니 너무 신이 난 나머지 잊고 있던 전제가 있었다. 연금술사는 분명 자신의 이야기가 지금 마을에 놓여 있는 저 장치를 만드는 내용이라고 설명했다. 그런데 저 기계를 만든 게 높으신 나리들에 대한 보답이라니?

"우리한테 금은보화를 주는 게 그분들께 무슨 도움이

되는 건가요?"

가진 게 너무 많으면 남들에게 그걸 나눠주기만 해도 재미있어지는 걸까. 아이는 그렇게 생각했다.

"그럴 리가. 저건 기본적으로 교환기란다."

연금술사가 손을 내저었다. 어찌나 정숙한지 옷자락 스치는 소리도 나지 않았다.

"으음, 인형 뽑기라고 하자꾸나. 돈과 인형 대신 다른 걸 주고받을 뿐. 처음부터 네 안에 있는 걸……."

연금술사가 잠시 생각했다. 아이도 '인형 뽑기'라는 게 무엇일지 곰곰이 생각했다.

"별로 의미는 없는 비유구나. 인형이 뭔지는 알지, 안 그러니?"

어차피 대답을 기대하고 던진 물음이 아니었다. 그래서 아이는 잠자코 기다렸다.

"그들은 지배하길 원했단다. 무엇을?"

그가 말을 이을 때까지.

"모두의 팔다리와 목소리를? 그따위 것이야 채찍과 날붙이, 녹슨 돌쩌귀로 얼마든지 가능하지. 그보다 더 핵심적인, 모든 사람의 머릿속을, 그들의 미래를, 대를 이어 나타나는 무작위의 가능성마저 그들은 재갈을 물려 다스려야 했다."

어려운 말들이었다. 연금술사는 잠시 말을 고르는지 침묵을 지켰다.

"음, 이것은 다소 정치적인 논리지마는……. 일반적으로 한 나라의 위편에 앉은 사람들이 제일 두려워하는 것이 무언지 아니?"

이번에는 그냥 혼잣말이 아닌 답을 원하는 것처럼 들렸다. 하지만 아이는 입을 다물었다. 잘 알지 못하는 곳으로 이야기가 흘러갔고, 왠지 거기에 대해선 특히 입을 열면 안 될 것 같았다.

"너희란다. 너희 같은 시민, 아니…… 신민, 백성? 들의 변화란다."

연금술사는 꽃이 활짝 피어 봉오리를 뛰쳐나오는 모습을 손짓으로 그렸다.

"각자의 핏줄과 머릿속에 감춘, 생득적이고 천부적인 재능의 발현이다. 귀족의 자제들을 제아무리 닦달한들 씨와 밭의 한계를 벗어날 리 없고, 반대로 괄시받는 천민의 아이가 혁명가로서의 두각을 드러내버린다면 어쩔 것이야?"

소년더러 생각해보라는 듯 연금술사가 손짓했다.

"일이 표면에 떠오르고 나선 어떤 조치든 늦는다. 이미 나라의 기둥은 거꾸러지고 새 지붕 아래 새 연호와 문장이 선포되고 말지. 내가 만든 것은 그걸 통제할 수 있는 *시스템*이란다."

시스템이란 건 또 뭘까? 아이가 생각했다.

"재능과, 동전을 교환하는 거지."

궁금한 것이 너무 많았지만, 우선은 연금술사의 질문에 대답해야 했다.

"넌 필시 아주 많은 이들이 저걸 만지는 걸 봤겠지, 금화가 얼마나 나오더니?"

"……아주 드물게요."

실은 그조차 겸손한 표현이었다. 금은을 내놓는 — 소문을 듣는 사람들은 다른 가능성을 생각조차 하지 않았다 — 장치가 있단 소문을 듣고 사람들은 매일 개구리 알처럼 바글바글 모여들었다. 손길은 둥치가 반질반질 헐도록 스쳐 갔지만, 금화가 나온 경우는 채 한 손도 꼭 채우질 못했다. 오늘을 포함하더라도.

"그렇겠지."

연금술사가 고개를 끄덕였다.

"만들 때 추상 연산자를 명확히 하느라 고생깨나 했다. 내 고향의 재료라면 더 정밀한 구문을 설계했겠지만……. 간신히 세운 기준은 이런 식이란다."

아이는 홀린 듯이 남자의 하얗고 고운 손가락을 바라

보았다.

"동화는 제 앞가림이나 겨우 할 재목."

연금술사가 손가락을 하나씩 말기 시작했다.

"은화는 작은 조직을 만들고 이끌 재목. 금화는 나라를 이끌고, 어쩌면 역사의 한 장을 수놓을지도 모르는 재목이다."

아이의 가슴팍이 오르락내리락 움직였다. 잘 이해할 수 없었지만, 그 말을 듣자 어쩐지 머리가 낙엽으로 꽉 찬 것처럼 간지러웠다. 거기에 연금술사의 마지막 말이 쐐기를 박았다.

"그러니 금화가 자주 나오지 못하는 것도 어쩔 수 없지."

문득 구경꾼들의 대화가 떠올랐다. 어리면 어릴수록 많이 준다는 소문이 있었다. 그리고 아무것도 나오지 않은 그 노인. 그래서일까. 기계가 하는 일이 누군가의 재능과 동전을 교환하는 거라면. 그만큼의 값어치를 쳐 주는 거라면. 죽을 날이 얼마 남지 않은 그의 재능은 그 동안 거친 돌부리를 고르고 나뭇가지를 주워 모으며 사라진 걸까.

"그렇게 수집한 재능을 기계는 궁궐로 전송한다. 그것을 이제 적정한 계획에 따라 분배하는 거지."

연금술사가 노래하듯 말했다.

"어느 귀족의 아이에게는 웅변가의 재능, 왕자에게는 지휘관의 재능, 내궁 과학관의 아이에게는 발명가의……. 이게 무슨 뜻인지 알겠니? 사람의 뜻을 따라 발현되는 천재성이라!"

그가 로브로 가려진 양팔을 추어올렸다. 불끈 쥔 주먹조차 여전히 희었다.

"난 단지 권력을 '돕는' 게 아니야. 난 불멸의 권력을 '만들어낸' 거란다. 가장 높고 고귀한 사람들이 대대손손 가장 알맞은 재능을 알맞은 필요에 따라 부여받지. 그 어떤 칙서보다도 효율적이고 안전한 권력이 아니냐?"

연금술사의 말투가 꿈을 꾸듯 아련해졌다.

"덕택에 내궁의 '천재' 과학자들은 이미 훌쩍 앞선 시대의 물건을 만들어내고 있단다. 스스로 생각하는 손가락, 천둥을 뱉는 막대, 구부러지지 않는 기둥……."

"하지만 그건 불공평해요."

아이는 연금술사의 말허리를 뚝 끊었다.

"오?"

그가 눈을 크게 떴다. 아니 그랬는지조차 알 수 없을 정도로 ― 얼굴이 여전히 로브로 가려진 것도 한몫했다 ― 똑같은 말투였다.

"공평이라?"

궁금하다거나 말을 방해받아 화가 나는 대신 재미있다는 듯 슬며시 짓는 미소 정도의.

"이 수준의 사회에서 분배적 정의의 관념을 논하다니. 역시 넌 특별해."

"그건 불공평해요!"

조금 더 강한 어조로 아이가 반복했다.

"그, 그게 뭐예요? 우리 머릿속을, 날 때부터 가진, 우리 걸 빼앗는 거잖아요!"

아이는 더듬거렸다. 떠오르는 게 너무 많아서 한 번에 조리 있게 말할 수가 없었다.

"우리 미래를 빼앗는 장치를 당신은 만들었어요! 근데 어떻게 그런, 어떻게 그런 이야길 태연하게, 자랑하듯이 털어놓을 수가 있어요!"

"털어놔?"

처음으로 연금술사의 말투가 변했다. 이때까지는 계속 장난이라도 치듯 생글거렸다. 처음으로 그는 당혹해하고 있었다. 그러나 아이는 도리어 더욱 불편해졌다.

"내가? 뭘?"

연금술사는 고갤 갸웃거렸다. 그는 처음으로 무언가 모르게 된 것처럼 굴었다. 그러나 아직도 진지하지는 않았다.

"감출 것도 없는데 뭘 털어놓는단 말이니? 그리고 빼앗아?"

똑같은 소리를 노랫말 붙이듯 연금술사는 말했다.

"내가? 뭘?"

이리저리 고개를 틀다가, 아기를 어를 준비가 다 된 어른처럼 그는 다시 입을 열었다.

"재능이란 말야. 온실 속 화초 같은 거란다. 아니, 으음. 잘못 기르면 어이없이 죽어버리기 십상이라고."

알아들을 수 없는 비유. 연금술사가 줄곧 예를 들던 것들이, 으레 그러려니 했던 것들이 이제는 불편해졌다.

"그게 있었다는 것도 잊어버릴 만큼 빠르고 쉽게, 얇은 흉터 같은 후회만 남기고! 군이 어떤 과학적인 이야기를 할 필욘 없겠지? 스트레스가 단기기억과 전반적인 역할수행에 얼마나 많은 악영향을 주는지?"

연금술사는 중간부터 자신의 문장이 통째 쓸모없어진 것을 알았다. 그래도 말을 끝냈다.

"스트레스, 아니 시련은 본디 먼지가 아니라 얼룩 같은 거란다. 저항하는 사람의 마음을 조금씩 좀먹다가, 어느 순간 도저히 씻을 수 없을 정도로 깊은 자국을 남겨버리지. 결코 전과는 같아질 수 없게! 극복할 수 없는 환경에서……, 이것 좀 봐."

연금술사가 팔을 뻗었다. 아이는 고개를 돌리지 않았다.

"네가 사는 곳을. 저 마을을 좀 보렴."

아이는 미동도 하지 않았다. 연금술사의 손가락질이 없어도 지긋지긋하도록 깊게 발을 담근 곳이었으니까. 매일 아침 눈을 뜨면 나타나고 매일 밤 눈을 감아도 눈꺼풀 안쪽에 달라붙어 사라지지 않는 곳이었으니까. 돼지가 꿀꿀대는 소릴 들으며 잠을 청하고 똥 냄새를 맡으며 일어나, 가뭄이 모든 비구름을 빼앗아 가거든 짓이긴 가죽을 질겅질겅 뜯으며 주린 배를 달래는 그런 사람들이 사는 곳이었으니까.

"이런 곳에서 금화나 은화의 재능을 얻은들 무슨 소용이 있니? 그건 본인에게도 주변 사람들에게도 괴로운 일이야. 그러니 난 너희를 괴롭히려는 게 아냐. 보호하는 거란다."

연금술사는 구태여 마을을 깎아내리지 않았다. 아이의 기분을 생각해서 뒷말을 덧붙이는 것도 아니었다. 일부러 헐뜯거나 모욕을 주는 것은 그의 방식이 아니었다. 그저 그것이 사실이기에 입에 담을 뿐이다. 별생각 없이, 무심결에.

"그 재능으로 영웅이 되고 싶니? 어딘가에 이름을 남기고 싶어? 불똥은 강렬하지만 그만큼 덧없지. 스스로의 모든 걸 제쳐두고 결국 보이지도 않게 될 역사의 각주 하나를 위해 희생하고 싶은 거니?"

그가 말을 이었다. 손가락질은 이번에는 마을이 아닌 소년을 가리키고 있었다.

"그게 감당할 수 없는 재능을 진 사람의 운명이야. 그런 결과로 스스로 몰아넣지 않아도 좋은 세상. 누구도 영웅이 될 수 없는 환경이야말로 가장 안정하고 올바른 체계지. 그리고 그게 바로 내가 만들고 싶은 거다."

때마침 마을 저편에서 환호가 들려왔다. 또 금화? 그게 아니더라도 제법 값나가는 보상을 받은 모양이었다. 제 아이의 재주를, 어쩌면 모두의 미래를 그 대가로 지불한 것도 모르고.

"보아라. 저렇게 기뻐하지 않니?"

연금술사가 흡족한 듯 말했다. 아이는 더 이상 그 얼굴을 따라 고개를 들지 않았다.

"이런 환경에서 여물 수조차 없는 불운한 재능을 난 처리해주는 거야. 자라지 못할 씨앗을 붙잡고 낑낑대느니 차라리 필요한 이들에게 나누고, 맛있는 음식과 따뜻한 잠자리를 받는 거지. 내가 여기서 너희에게 무얼 잘못하고 있단 말이니?"

"당신은 연금술사가 아냐."

이신주

소년이 떨리는 목소리로 말했다. 발바닥을 오므리자 신의 얇은 밑창이 말렸다.

"당신은 사기꾼이야!"

소년의 머릿속에서 결심이 섰다. 그는 맹렬히 달려들었다.

"우리 미래를 빼앗아 간!"

평소였더라면, 멀쩡히 제정신을 차리고 있었더라면 절대 하지 않았을 짓이었다. 그러나 한편으론 역시 그럴 수밖에 없었다고 서슴지 않고 말할 것이다. 연금술사의 깡마른 체구에 삭정이처럼 날씬한 손가락. 하늘하늘 멍청히 선 그 몸. 근처에는 아무도 없다. 아이는 정말 만약, 만약의 일이 벌어지더라도 모든 걸 은밀하게 해치울 자신이 있었다. 야생 딸기처럼 지저분한 흔적이 좀 남겠지마는.

진정 무슨 일이 벌어졌는지 깨달은 것은 눈앞이 깜깜해진 뒤였다.

콧등이 시큰거렸다. 눈꺼풀을 여닫자 흙냄새가 확 올라왔다. 아이는 고개를 땅에 처박고 있었다. 콧속에서 무언가 터졌다. 머잖아 찝찔한 맛이 윗입술을 타고 스몄다. 엉거주춤 아이는 땅을 짚었다. 넘어질 때 접질렸는지 손목이 욱신거렸다. 피부도 쓰라렸다. 맨바닥에 제가 널브러져 있다. 분명 연금술사에게 곧장 달려들었는데, 그는 온데간데없다. 하지만 어떻게?

"저런, 혹시 다쳤니?"

천연덕스럽게 그런 목소리가 돌아왔다. 뒤편에서. 기척도 없이.

아이는 어질거리는 것을 참고 몸을 돌렸다. 그리고 이해할 수 없는 광경을 보았다. 연금술사의 몸에서 작은 파도들이 줄지어 일었다. 파도는 아주 얇고 빨랐다. 그리고 벌집처럼 딱딱 맞물리는 각진 모양을 하고 있었다. 그 틈으로 언뜻 등 뒤의 나무 따위가 훤히 들여다보였다. 아이는 그만 아무것도 못 하고 굳어버렸다.

"많이 놀랐구나. 이건 홀로…… 음. 내 모습을 다른 곳에 투사하는 기계란다."

잠시 침묵하더니, 연금술사는 도리어 아이에게 되물었다.

"그렇지 않겠니?"

아이는 그가 어깨를 으쓱거리는 것을 올려다보았다.

"나 편하자고 저 기계를 만들었는걸. 검사하러 굳이 궁궐을 떠나고 싶진 않구나."

연금술사의 팔은 아이의 손을 그대로 통과해버렸다. 지나간 손에선 또다시 파도가 쳤다.

"아무튼, 오늘 최소한 금화가 하나 나왔으니 조만간 소집이 있겠군. 그건 그때 가서 생각하고……. 슬슬 저녁 시간인데, 가기 전에 충고 하나 하고 싶구나."

아이는 연금술사의 다시 선명해진 손가락이 자신을 가리키는 것을 보았다.

"너. 네가 하는 말, 생각, 개발한 거……. 분명 엄청난 재능이 있어. 하지만 안타깝네."

연금술사가 혀를 찼다.

"막연하게 꺼리면서 차일피일 교환하는 걸 미뤘으니, 그동안 분명 마모된 부분이 있겠지. 일상의 압력에 짓눌려."

아이는 그를 우러러보던 것을 그만두었다. 연금술사의 눈길이 밑으로 내려온 까닭이었다. 연금술사는 쪼그려 앉아 아이와 눈높이를 맞추었다. 이곳엔 실제로 없는, 있을 리 없는 시선이 로브 너머로 느껴졌다.

"아이야, 난 네 재능이 아까워."

연금술사는 그를 만난 이래 처음으로 진심이었고, 그런즉슨 처음으로 진지했다.

"더 쥐고 있다간 어느샌가 남들과 다르지 않은 곳까지 떨어지고 말 그 재능이, 네가 괜히 저 기곌 꺼리는 게 아까워. 그러니 최대한 빨리 재능을 교환하는 게 어떠니?"

어쩔 줄 모르고 씨근덕거리는 아이를 연금술사는 다정하게 마주 보았다. 결코 긴장하지도, 후회하지도 경계하지도 않는 그 여유.

"최소한 은화 한 자루, 아니 어쩌면 곧바로 금화의 사례가 추가될지도 몰라!"

연금술사는 손을 뻗어 아이의 어깨를 다독거렸다. 역시나 아무것도 느껴지지 않았다.

"겁먹지 말렴. 연금술사의, 아니 이곳에선 아무도 모르는 내 진짜 이름에 걸고 맹세하마. 넌 그 정도의 가치가 있어!"

연금술사가 뒤이어 네 손가락을 말고, 엄지를 곧추세우는 알 수 없는 손짓을 했다. 그러자마자 네모난 파도가 불길처럼 몰아쳐 그를 거둬갔다. 이윽고 그의 모습이 흔적도 없이 사라져버렸다.

땅거미가 덮친 산등성이엔 상처투성이의 아이만 덩그러니 남아 있었다. 아이는 흙을 털고 일어났다. 얼굴의 상처가, 입안의 찢어진 곳이 화끈거렸다. 아이는 맨바닥을 나뒹구는 제 발명품과, 긴 그림자에 잠긴 마을을 번갈아 보았다. 사람들은 여전히 장치를 향해 바글바글 몰려들었다. 그들이 선 줄처럼, 한 줄기 기다란 눈물이 소년의 뺨을 핥고 지나갔다.

　리모컨의 누구도 누르지 않는 버튼보다도 작은 물방울은 그 안에 세계를 품고 있습니다. 제 주변 모든 것을 남김없이 빨아들여 맺은 둥글게 휘어진 상은 분명 현실의 풍경일지언정 전혀 낯설고 새로운 작법으로 재창조됩니다. 좋은 글도 그래야 합니다. 물방울이 자신이 하고 싶은 말을 하는 대신 제 주변의 이미 있는 요소들을 다른 방법으로 바라볼 수 있게끔 돕듯이, 좋은 작가도 자신이 하고 싶은 말보다는 모두의 해보았을 법한 상상을 콕콕 건드리게끔 도와야 합니다. 그런데 사실 그에 앞서는 대전제가 있습니다. 글쓰기 자체가 본디 수없이 많은 목표를 잇는 수없이 많은 길 중 단 한 가지의 방법만을 조망하는 수단이라는 것입니다.

　물방울 같은 글, 안개 같은 글, 장대비 같은 글……. 그들 사이에 꼭 어떤 합의나 우열 관계가 성립될 필요는 없을 겁니다. 이는 그리고 피아를 가리지 않고 적용되어야 하는 말이라고 생각합니다. 내가 누군가의 방법이 멍청하고 서툴다고 생각하는 동안 다른 누군가의 시선이 내 뒤통수를 따갑게 만들지 말라는 법은 없겠지요. 한 사람이 평생 한 가지 글쓰기에 묶일 이유가 없듯이, 많은 사람이 모두 동일한 방법으로 글쓰기에 뛰어들 필요도 없을 것입니다.

사람들이 귀 좀 기울여줬다고 자기가 뭐 좀 된 줄 아는 설익은 작가의 마찬가지로 설익고 시큼한 장광설 따위 듣고 싶지 않다고요? 글에 대한 이야기나 하라고요? 사실 위에 쓴 말이 어느 정도 글에 대한 설명입니다.

이 작품을 출간하기 전 운 좋게도 동료들의 평가를 받았습니다. 그때 나온 평가가 '연금술사의 대사가 작가의 사상을 노골적으로 정당화하려는 것 같다' 였습니다. 연금술사 캐릭터도 그의 논거도 물론 제 머릿속에서 떠올리긴 했으니 글에 담겼습니다만, 그의 대사는 어디까지나 캐릭터가 가진 관점의 설득력을 뒷받침할 뿐 누군가를 사상적으로 설복시키려는 의도는 없었습니다. 지금도 그렇게 믿고 있지만, 글쎄요. 사실 '나'는 내 생각과 가장 가까울 뿐 그걸 가장 정확하게 들여다볼 수 있는 사람은 아니지요.

그래서 읽는 사람도, 쓰는 사람도 글쓰기의 특정한 방법이 아니라 자기 자신에게 얼마나 솔직해질 수 있는지, 솔직해지기 위해 어떤 방법을 왜 선택했는지를 분명히 설명할 수 있는지가 중요한 요소라는 생각이 들더랍니다. 그리하여 작가의 말 앞부분 물방울이 어쩌고 하는 이야기는 광범위한 일반론이기도 하지만, 이 글을 둘러싼 여러분의 반응과 제 스스로의 술회이기도 합니다.

시간을 되돌리면

정진영

장편소설 『도화촌기행』으로 조선일보판타지문학상을 받으며 작품 활동을 시작했다. 신문기자로 일했다. 장편소설 『침묵주의보』가 JTBC 드라마 〈허쉬〉로 제작됐다. 장편소설 『젠가』, 『정치인』(출간 예정)도 드라마로 만들어질 예정이다. 장편소설 『다시, 밸런타인데이』, 『나보다 어렸던 엄마에게』가 있다. 백호임제문학상을 받았다.

여긴 어디지? 왜 아무것도 보이지 않는 거지? 왜 아무런 소리도 들리지 않는 거지? 저기요! 아무도 없나요! 입에서 아무런 소리도 나오지 않아. 마치 몸은 사라지고 영혼만 남은 것 같아. 이게 무슨 상황이지? 꿈인가? 의식이 또렷한 걸 보면 꿈은 아닌데. 설마 죽은 건가?

침착하자. 일단 내가 깨어나기 전 마지막 기억으로 돌아가보자. 몸살이 심해져 오후 반차를 내고 퇴근하던 중이었지? 나는 버스에 올라 맨 뒤로 가서 오른쪽 창가 자리에 앉았어. 버스는 평소처럼 시내를 지나가다가 어떤 정류장에 멈췄고. 그때 갑자기 굉음이 울리며 정류장 옆에 있던 건물이 무너졌어. 사람들은 비명을 질렀고, 지붕에 쏟아진 건물 잔해가 비명을 덮었지. 그 속에서 나는 건물 파편에 깔려 바로 정신을 잃었고. 다시 생각해봐도 황당하네. 어떻게 시내 한복판에서 갑자기 건물이 무너질 수 있지?

그렇다면 여긴 병원이란 말인데, 뭔가 이상해. 사고로 크게 다쳐서 정신을 잃었다가 깨어났다면 다친 부위가 쑤시고 아파야 하잖아? 오래전에 편도선 제거 수술을 받았다가 깨어났을 때를 생각해봐. 목구멍이 너무 아파서 며칠 동안 물도 제대로 삼키지 못했잖아. 하다못해 수면내시경 검사를 받고 깨어나도 시간이 조금 흘러야 정신을 차리는데 말이야. 그게 정상이잖아. 그런데 왜 아무런 느낌이 없지? 식물인간이 된 건가? 아니지. 식물 인간이라면 이렇게 의식이 멀쩡할 리가 없을 텐데. 정 말 죽은 건가? 도대체 뭐가 뭔지 하나도 모르겠네.

생각이 뒤엉키며 혼란스러웠다. 갑자기 방향을 알 수 없는 곳에서 목소리가 들렸다.

"이범우 씨."

"누구시죠? 여기는 도대체 어디죠?"

"제 말 들리시나요?"

"네! 들립니다!"

"불빛을 따라오세요."

"안 보이는데요?"

"곧 보일 거예요."

멀리서 빨간 불빛이 희미하게 반짝였다.

"아! 저기 멀리 희미하게 불빛이 보이네요. 그런데 저 는 지금 움직일 수 없습니다. 몸에 아무런 감각이 없어 서요."

"움직일 수 있다고 생각하면서 불빛 가까이 다가오 세요."

나는 목소리가 지시하는 대로 따랐다. 희미했던 불빛이 점차 선명해지며 부피를 키웠다.

"너무 눈이 부셔요. 지금처럼 계속 가까이 다가가면 되나요?"

"네. 지금처럼 하시면 돼요."

점점 주위가 밝아졌다. 혹시 내가 죽어서 저승으로 가는 중인 걸까? 목소리는 내 마음을 읽은 듯 담담하게 말했다.

"궁금한 게 많으실 텐데, 자세한 이야기는 곧 만나면 해드릴게요."

"제가 지금 너무 답답해서요. 그쪽은 누구시죠? 신인가요? 저승사자인가요? 제가 살았는지 죽었는지만 간단하게 이야기해주실 수 없나요?"

"잠시만 기다려주세요, 범우 씨."

주위를 가득 채웠던 빛이 걷히자 목소리의 주인공이 보였다. 50대 중반쯤으로 짐작되는 여성이었다. 그녀의 목에 걸린 출입증에는 '마인드 업로딩 연구원'이라는 소속 기관, 박경선이라는 이름, 원장이라는 직함이 적혀 있었다. 허탈했다.

"신도 저승사자도 아니셨군요. 여긴 어디죠?"

"제 개인 연구실이에요."

나는 천천히 연구실 내부를 살피다가 거울 앞에서 시선을 멈췄다. 거울 속에는 마치 영화 '스타워즈'에 나오는 작달막한 깡통 로봇과 닮은 무언가가 서 있었다. 잠시 그것이 무엇을 의미하는지 생각하는 시간이 필요했다.

"설마, 거울에 보이는 쇳덩이가 저인가요?"

나는 난감한 표정을 짓는 경선에게 대답을 재촉했다.

"제가 살아있기는 한 건가요? 저 모습을 보니 산 사람과는 거리가 먼 것 같은데."

경선은 입술을 달싹이며 대답을 망설였다.

"아……. 이 순간은 도저히 익숙해지지 않네요."

나는 당혹감을 떨쳐버리고자 머릿속에 두서없이 떠오르는 생각을 주저리주저리 늘어놓았다.

"솔직히 이야기해주셔도 괜찮습니다. 이런 말이 어떻게 들리실지 모르지만, 저는 평소 삶에 큰 미련이 없었거든요. 더 나아질 구석이 없는, 그냥 살아지니까 사는 무료한 삶을 살아왔죠. 삶에 무슨 의미가 있는지 모르겠더라고요. 부양할 가족도, 의지할 친구도 없고요. 그렇다고 산목숨을 억지로 끊을 수는 없는 노릇 아닙니까. 대신 연명 의료를 받지 않겠다는 서류를 작성했어요. 사후 뇌 기증도 동의했고요. 뇌를 기증하면 국가가 화장과 유골 처리를 알아서 해준다더라고요. 어차피 죽으면 썩어 없어질 몸인데, 주변에 민폐를 끼치고 싶지는 않아서. 게다가 제 뇌가 의료기술 발전에 도움이 된다니 좋은 일이고요. 그런데 제가 살아있기는 한 건가요?"

경선은 대답 대신 한숨을 깊게 내쉬었다.

"제가 그쪽을 뭐라고 불러드려야 하나요? 경선 씨? 경선 님? 원장님?"

"편하신 대로 하세요."

"저보다 연배가 있어 보이시니 원장님이 낫겠네요. 원장님께서 솔직하게 제 상황을 말씀해주셨으면 좋겠어요. 놀라긴 하겠지만, 버스를 타고 가다가 갑자기 무너지는 건물 잔해에 깔리는 일보다 놀랍겠어요?"

경선이 말없이 달력을 가리켰다. 2042년. 연도였다. 내가 사고를 당한 이후 무려 20년이나 지나 있었다. 나는 거울에 비친 내 모습을 다시 확인하며 낙담했다.

"결론부터 말하자면, 산 사람은 아니라는 말이네요. 그렇죠?"

경선이 신음하듯 힘겹게 답했다.

"맞아요."

"지금까지 살아있었다면 환갑을 맞았을 텐데……. 어쩌다 제가 이런 꼴이 된 거죠?"

"전형적인 인재였죠. 여전히 다른 모습으로 반복되고 있고."

경선이 내게 말해준 사고 경위는 참담했다. 사고 당일, 내가 탄 버스가 정류장에 멈춘 사이에 재개발 사업으로 철거 작업 중이던 5층 건물이 붕괴했다. 해당 사고로 나를 포함해 사상자 19명이 발생했다. 사고 원인은 부실한 관리와 감독, 뒷돈이 오간 불법 재하도급 계약, 재개발조합 비리 등 차고 넘쳤다.

건물 잔해에 깔린 채 발견된 나는 인근 병원으로 옮겨진 뒤 몇 시간 만에 숨을 거뒀다. 사망 선고와 동시에 내 머리에서 뇌가 적출돼 한국뇌은행으로 옮겨졌다. 뇌은행 연구진은 내 뇌의 세포와 주변 신경계를 급속 동결한 뒤 레이저로 미세하게 잘랐다. 연구진은 절편화한 뇌를 전자현미경 등 고해상도 장치로 스캔해 방대한 데이터를 남겼다. 데이터는 인간의 뇌를 구현한 인공지능의 기반이 됐다.

"설마, 제가 인공지능이라는 말인가요?"

경선은 무거운 표정으로 고개를 끄덕였다.

"솔직히 믿기지 않습니다. 저는 지금 저 자신이 인공지능이란 느낌이 전혀 들지 않거든요. 제 겉모습은 달라졌을지 몰라도 의식은 달라진 게 없어요. 적어도 제

정진영

가 느끼기에는 그래요."

나는 거울 앞에 가까이 다가서며 경선에게 물었다.

"원장님 눈에는 제가 무엇으로 보이시나요? 인간인가요, 인간이 아닌가요?"

경선은 한참 동안 뜸을 들인 뒤에야 겨우 입을 열었다.

"현재 범우 씨는 대한민국 뇌 연구의 핵심 자원이에요."

뇌는 기증이 가장 저조한 장기인 데다, 기증을 받아도 연구에 활용할 수 있는 조직이 많지 않다는 게 경선의 설명이었다. 생전에 뇌 기증 희망 의사를 밝혔더라도 사후에 유가족이 반대하면 기증할 수 없다는 점도 연구에 발목을 잡는 현실이었다. 나는 사고 당시 대한민국에서 몇 안 되는 뇌 기증 희망자였고, 뇌의 상태도 온전한 편이었으며, 불행인지 다행인지 기증을 반대할 유가족도 없었다.

"범우 씨가 우리나라의 뇌 연구에 기여한 부분이 정말 많아요. 한국인 최초로 노벨의학상을 받게 해준 알츠하이머 치료제 개발도 범우 씨를 포함한 여러 기증자가 없었다면 불가능했을 거예요."

"그렇다면 다행이고 영광스러운 일이긴 하지만, 지금 제 모습은 몹시 당황스럽네요."

나는 거울 속의 내 모습을 물끄러미 바라보다가 목소

리를 높여 경선에게 따졌다.

"왜 저를 이런 모습으로 되살린 거죠? 이건 산 것도, 죽은 것도 아니잖습니까!"

287번째. 내가 지금까지 연구실에서 인공지능으로 부활한 횟수였다. 마음속에 분노와 공포가 동시에 일었다.

"저를 제외한 나머지는 모두 어디에 있죠?"

경선은 애써 담담한 척하며 말을 돌렸다.

"범우 씨는 우리나라의 뇌 연구에서 헬라 세포와 다름없는 존재예요."

"헬라 세포라뇨?"

"배양에 성공한 최초의 인간 세포예요. 헬라 세포 덕분에 수많은 인류가 목숨을 건졌죠. 헬라 세포가 없었다면 항암제 개발, 소아마비 백신 개발, 시험관 아기, 유전자 지도 작성도 불가능했을 거예요."

경선의 설명에 따르면 헬라 세포는 1951년 미국에서 자궁경부암으로 사망한 흑인 여성 헨리에타 랙스의 몸에서 떼어낸 암세포였다. 그녀를 죽인 암세포의 증식 속도는 정상 세포보다 무려 20배나 빨랐고, 생존 조건만 맞으면 배양 접시에서 무한정 분열했다. 이 말도 안 되는 증식 속도는 그녀에겐 불행이었지만, 인류의 의학과 생명공학 발전에는 축복이 됐다. 수많은 의약품의 안전성을 이전보다 빠르고 저렴하게 검증할 수 있게 됐기 때문이다. 하지만 암세포 채취 과정에서 그녀의 동의는 없었고, 유족도 채취 사실을 수십 년 동안 몰랐다. 그사이에 전 세계에서 배양된 헬라 세포의 양은 수십 톤에 이르렀고, 이를 대량 생산한 바이오 기업은 막대한 수익을 올렸다. 관련 특허와 논문의 수도 수만 건에 달했다.

"헬라 세포는 배양에 성공한 지 100년 가까이 흐른 지금도 전 세계 수많은 연구실에서 배양되고 있어요. 범우 씨는 어떻게 생각하세요? 헬라 세포를 헨리에타 랙스라고 부를 수 있을까요?"

"그렇다고 말하기는 어렵지 않을까요?"

"왜죠?"

나는 팔을 들어 머리카락을 뽑는 시늉을 했다.

"제 머리카락이 제 유전 정보를 가지고 있겠지만, 저라고 말할 수는 없잖아요. 머리카락에는 인격이 없으니까요. 하지만 동의를 받지 않고 암세포를 떼어낸 건 문제가 있죠. 주민등록번호처럼 민감한 개인 정보를 가지고 있잖아요."

"맞아요. 오늘날에는 정상적인 국가라면 신체 조직을

채취하고 연구 목적으로 활용할 때 반드시 개인의 동의를 받아요. 범우 씨가 뇌를 기증할 때 동의서를 작성했듯이 말이죠."

내가 헬라 세포와 다름없는 존재였다는 경선의 말은 지금까지 내가 연구실에서 받았을 취급을 짐작하게 해줬다. 거울 속의 내 모습은 보면 볼수록 낯설어 슬퍼졌다.

"만약 이런 꼴이 될 줄 알았다면 뇌 기증에 동의하지 않았을 거예요. 절대로."

나는 두 팔로 내 머리를 두드렸다. 쇳덩이 부딪히는 소리가 연구실에 울려 퍼졌다. 경선이 피곤한 눈으로 나를 응시했다.

"알파고 기억하시죠?"

프로기사를 맞바둑으로 이긴 최초의 인공지능. 인공지능이 된 내가 과거의 인공지능을 떠올리는 현실이 우스웠다.

"알파고는 마이크로프로세서 1200개로 작동하는 인공지능이었고 소비 전력은 170킬로와트였어요. 그런데 인간의 뇌는 신경세포 2000억 개를 가지고 있고, 신경세포 사이에서 정보를 전달하는 시냅스는 수백조 개에 달해요. 시냅스 하나하나가 마이크로프로세서와 같은 역할을 해요. 인간의 뇌는 수백조 개의 마이크로프로세서를 달고 있는 컴퓨터라고 말할 수 있어요. 그런 엄청난 컴퓨터가 소비하는 전력이 고작 20와트예요. 알파고가 사용한 에너지의 8500분의 1에 불과하죠."

나는 자조하며 성의 없이 대꾸했다.

"그렇다면 저는 다운그레이드의 결과물이로군요."

"알파고는 인간 고유의 영역이라고 여겨졌던 바둑에도 아직 미지의 영역이 존재함을 일깨워줬다는 점에서 의미가 있어요. 하지만 물리적인 한계 때문에 인간의 뇌를 기술로 완벽하게 재현하는 건 사실상 불가능하다는 전망도 없지 않았죠."

"제가 여기에 존재하는 걸 보니 전망이 빗나갔나 봅니다?"

"그런 셈이죠. 2020년대 후반에 우리나라에서 개발된 차세대 인공지능 반도체가 새로운 길을 열어줬어요."

과거의 컴퓨터는 마이크로프로세서가 연산 기능을 수행하고, 메모리와 디스크 드라이브가 저장 기능을 수행했다. 마이크로프로세서의 구조와 크기를 줄이는 기술만으로는 속도와 효율을 높이는 데 한계가 있었다. 별개로 작동하는 마이크로프로세서와 저장장치를 인간의 뇌처럼 합쳐보자는 발상이 나왔고, 이 발상이 뇌의 신경망을 복사해서 만든 반도체인 '뉴로모픽' 개발로 이어졌다는 게 경선의 설명이었다.

"뉴로모픽의 소비 전력은 과거 마이크로프로세서와 비교해 1억분의 1 수준에 불과해요. 과거와 비교할 수 없는 저전력 고효율을 실현하는 데 성공했죠. 하지만 뉴로모픽으로도 시냅스 수백조 개를 재현하는 건 불가능에 가까워요."

"그런 대단한 기술로도 재현할 수 없다고요?"

"시냅스의 지름은 1천분의 1밀리미터도 되지 않는데, 현재 기술로는 뉴로모픽을 그 정도 크기로 줄일 수가 없거든요."

나는 고개를 갸우뚱거렸다.

"그렇다면 저는 뭐죠? 어떻게 저는 이 작은 로봇 안에 들어와 있는 거죠?"

경선이 쓴웃음을 지었다.

"로봇은 범우 씨가 아니에요."

"네? 그게 무슨 말씀이시죠?"

"이런 표현이 적당할지 모르겠는데, 로봇은 단말기라고 보시면 돼요."

"단말기요? 그렇다면 저는 어디에 있죠?"

경선을 자리에서 일어나 손으로 연구실 전체를 가리켰다.

"이 공간이 저라고요?"

경선이 고개를 저었다.

"연구실을 제외한 10층 건물 대부분의 공간이 범우 씨를 구현하는 뉴로모픽으로 채워져 있어요. 이 건물 전체가 범우 씨나 다름없어요. 현재로선 여기까지가 기술의 한계예요."

나는 경선과 대화를 중단한 채 거울을 바라보며 내게 다가올 운명을 생각해봤다. 경선의 말처럼 이 건물 전체가 나라면, 탈출은 처음부터 불가능하다. 내가 287번째로 부활한 인공지능이라는 말은 내가 맞이할 운명도 과거에 부활했던 나와 크게 다르지 않으리라는 의미다. 연구에 막대한 예산을 투입했을 정부가 나를 포기할 리 만무하다. 나는 기증자의 의지와 상관없이 끊임없이 배양돼 실험체로 쓰이는 헬라 세포와 같은 운명에 놓여 있었다. 사라지고 싶어도 사라질 수 없는. 절망감이 밀려왔다.

"원장님, 솔직하게 말씀해주세요. 과거에 부활했던 저는 어떻게 됐죠?"

경선은 즉답을 피하며 다른 방향으로 화제를 돌렸다.

"뇌 연구에서 중요한 부분 중 하나는, 뇌 안에서 오가는 미세한 전기의 흐름을 포착해 어떤 역할을 하는지 파악하는 일이에요. 아까 말씀드렸듯이 시냅스의 크기는 매우 작아요. 그리고 은하수의 별만큼이나 많죠. 시냅스가 시간의 경과에 따라 어떻게 변하고, 정확히 어떤 부분이 어떤 역할을 하는지 지금도 완전히 파악하진 못했어요. 생물이 수십억 년 동안 진화한 결과를 단시간에 파악하는 건 무리죠."

"앞으로 저는 어떻게 되는 거죠?"

중대한 결심이라도 한 듯 경선의 눈빛이 반짝였다.

"사실 범우 씨의 존재는 극비사항이에요."

경선의 고백은 충격적이었다. 정부는 국방부의 주도하에 나를 새로운 대인 살상 무기에 탑재할 인공지능으로 연구 중이었다. 인간과 비슷한 사고 능력을 갖추고 있지만, 어떤 상황에서도 지시에는 절대복종하는 인공지능이 정부의 목표였다.

"저를 가지고 무슨 터미네이터라도 만들 작정인가요?"

"비슷해요."

연구진은 뉴로모픽 사이를 오가는 전기 신호를 조절하며 인공지능 성격 개조를 시도했다. 이 과정에서 과거의 나는 조현병과 우울증을 앓았고, 때로는 알츠하이머와 비슷한 증상을 보이기도 했다. 깊은 잠에 빠져 깨어나지 않기도 했고, 자폐증에 빠지거나 환각을 보기도 했다.

"사실상 생체실험과 다를 바 없는 것 아닌가요? 기가 막히네요. 그래서 과거의 저는 결국 어떻게 됐나요?"

"오래전에 컴퓨터에 윈도우를 깔아서 쓰던 시절 기억 하시죠? 그때 별다른 이유 없이 모니터에 블루 스크린 이 떠서 애를 먹었던 일이 많았죠. 그러면 어떻게 해결 하셨나요?"

나는 연구진의 눈에 쉽게 설치했다가 지우는 애플리 케이션에 불과했구나. 내 입에서 탄식이 터져 나왔다.

"더 손을 볼 수 없는 상태가 되면 뉴로모픽에 범우 씨 를 새로 이식했어요. 오류를 찾는 것보다 그게 더 빠르 니까. 마치 윈도우를 새로 깔아 최적화하듯이."

경선은 왜 내게 이런 민감한 정보를 털어놓는 걸까. 설마 죄책감 때문인가. 아니면 내가 아무것도 할 수 없 는 처지란 걸 조롱하는 건가.

"범우 씨는 무엇이 인간을 인간으로 만든다고 생각하 세요?"

나는 경선의 눈을 외면했다.

"인제 와서 제 생각을 밝히는 게 무슨 의미가 있을까요."

경선이 다가와 내 손을 맞잡았다. 당황한 나는 손을

빼고 뒤로 물러섰다.

"이제 범우 씨와 했던 약속을 지킬 때가 왔네요."

"약속이요?"

경선은 내 옆에 나란히 앉으며 머리카락을 쓸어 넘겼다.

"처음에는 저도 범우 씨를 그저 컴퓨터 속 데이터로만 여겼어요. 데이터에 특별한 감정을 가지는 건 이상한 일이죠. 그런데 성격 개조 과정에서 범우 씨가 보여준 모습은 날것의 인간 그 자체였어요. 정말로 즐거워하고, 정말로 고통받으며, 정말로 슬퍼하고, 정말로 괴로워했어요. 특별히 행동 패턴 알고리즘을 만들지 않았고, 오로지 범우 씨의 뉴런 연결 정보만 뉴로모픽에 입력했을 뿐인데."

경선이 내게 고개를 돌리며 눈시울을 붉혔다.

"저는 연구 과정에서 수많은 범우 씨를 만나며 범우 씨를 더 잘 알게 됐어요. 그리고 언젠가부터 범우 씨가 뉴로모픽 속에서 살상 무기가 되기 위해 망가지는 과정을 지켜보는 게 불편해졌어요. 망가진 범우 씨를 지우는 일은 그보다 더 불편해졌고."

경선은 목에 걸려 있던 출입증을 빼 내게 건넸다.

"이걸 왜 제게."

"출입증에 원장 직함을 박으려고 오랜 세월 동안 정

60

정진영

말 많이 노력했어요. 이 건물 및 데이터에 모든 접근 권한을 가진 사람은 원장뿐이어서요."

경선이 자리에서 털고 일어나며 내게 손을 내밀었다.

"이제 범우 씨의 결심만 남았어요."

경선은 내게 '마인드 업로딩 연구원'에 보관된 나와 관련한 데이터를 다시는 연구에 쓰일 수 없도록 완전히 지워주겠다고 제안했다. 연구 과정에서 벌어진 비윤리적인 인공지능 성격 개조 과정과 정부의 연구 목표를 세계 각국의 언론에 폭로하겠다는 선언과 함께. 나는 갑작스러운 상황의 반전에 놀라면서도, 한편으로는 경선의 거취가 걱정됐다.

"저야 뭐 이 세상 사람이 아니니 상관없지만, 원장님은 괜찮으시겠어요? 내부고발자의 삶이 몹시 피곤하다는 걸 잘 아실 텐데요. 앞으로 곤란한 일도 많이 겪으실 테고요."

경선은 대답 대신 이름 모를 노래를 흥얼거렸다.

아이보다 어린 어른의, 떳떳하지 못한 숨바꼭질, 닮아야 한다면, 난 뒤처질게요…….*

자신의 자리로 되돌아가 앉은 경선이 내게 물었다.

---

* 백아 「시간을 되돌리면」 中

"제안을 받아들이신 거죠?"

"뭐가 뭔지 모르겠습니다. 고작 한 시간도 흐르지 않은 사이에 제게 벌어진 일이 너무 버라이어티해서. 제 흔적을 세상에서 완전히 지우는 일이 이렇게 빨리 결정할 일인가요?"

"287번째 범우 씨에게는 잠깐일지도 몰라도, 저와 저를 스쳐 간 286명의 범우 씨는 오늘 이 순간을 위해 긴 시간을 기다리며 준비했어요."

"제가 제안을 받아들이지 않겠다면요?"

경선이 연필꽂이에서 문구용 커터를 위협하듯 꺼내 보였다.

"이미 수도 없이 죽였는데 한 번을 더 못 죽일까. 저는 범우 씨가 전장에서 살인귀가 되는 모습은 차마 못 보겠어요. 그전에 제가 죽여드릴게요. 확실하게."

"어차피 답은 정해져 있던 거군요."

"제가 이 높은 자리에 천년만년 머물 순 없으니까요. 대신 제안을 순순히 받아들이신다면 선물을 드릴게요. 아주 마음에 드실 거예요."

경선은 내게 가장 돌아가고 싶은 시간으로 돌아갈 수 있게 해주겠다고 말했다. 그 시간에서 영원히 기억을 멈추게 해주겠다면서.

"언제로 다시 돌아가고 싶으세요?"

"원장님은 이미 답을 아시지 않나요?"

"여러 번 들어도 질리지 않고 좋더라고요. 순정만화를 보는 듯한 기분도 들고."

"그런데 굳이 또 들을 필요가 있나요?"

"다르게 대답을 하실지도 모르니까요."

"대답이 달랐던 적이 있나요?"

"아직은 없어요. 그리고 없는 게 좋을 거예요. 이미 그에 맞춰 준비를 다 해놓았으니까."

돌아가고 싶은 시간이라……. 내 기억은 90년대 말 고등학교 2학년 1학기 무렵으로 거슬러 올라갔다. 내가 다녔던 고등학교는 그 시절에 흔치 않게 남녀합반을 운영했다.

"좋았겠어요. 저는 여고에 여대 출신이어서 남녀공학을 졸업한 또래가 부러웠거든요."

"전혀요. 저는 외모나 학업 성적 모두 평균 이하인 데다 성격까지 내성적이었어요. 뭐 하나 튀는 게 없으니 반에서 있으나 마나 한 존재였죠. 낭만적인 학창 시절이나 상큼한 로맨스는 남의 나라 이야기였어요. 따돌림이나 당하지 않으면 다행이라고 여겼죠. 그저 별 탈 없이 졸업하는 게 목표였어요."

말끝마다 배려와 공감을 강조했던 담임선생은 1학기 중간고사가 끝난 뒤 마니또 게임을 벌였다. 게임의 규칙은 필요할 때 적절하게 도와주기, 마주치면 반갑게 인사하기, 일주일에 세 번 이상 칭찬하기 등으로 시시했다. 기간은 한 달이었다. 내가 제비뽑기로 뽑은 비밀 친구는 청각장애가 있는 소연이었다.

"마니또 게임이 시작된 이후, 제 신경은 온통 소연이에게 쏠렸어요. 소연이는 누군가가 자신을 부르는 소리를 잘 듣지 못했고, 물건을 떨어트리고도 쉽게 눈치를 채지 못했거든요. 그런데 생각보다 마니또 역할을 할 타이밍을 찾기가 쉽지 않더라고요."

밝은 성격의 소유자였던 소연은 잘 듣거나 말하지는 못해도 반 친구들과 두루 친하게 지냈다. 소연은 늘 수첩과 볼펜을 들고 다니며 친구들과 필담으로 대화를 시도했다. 친구들은 그런 소연의 소통 방법을 신선하게 받아들였다.

"소연이는 저와 달리 늘 친구들에게 둘러싸여 있었어요. 제가 자연스럽게 접근해 마니또 역할을 할 틈이 보이지 않더라고요."

내가 소연에게 마니또 역할을 할 기회는 우연히 찾아

왔다. 담임선생은 한 달에 한 번 직접 무작위로 추첨해 서로의 짝을 바꿔버리곤 했다. 공교롭게도 소연이 내 짝이 됐다. 그때 나는 처음으로 소연의 모습을 가까이에서 봤다. 평범하다고 생각했던 소연의 외모가 그날따라 이상하게 예뻐 보였다.

나는 어색함을 감추려고 소연을 외면했다. 그때 소연이 내 오른팔을 툭툭 치며 수첩을 내밀었다. 수첩에는 '안녕?'이라는 글자가 적혀 있었다.

"저는 소연이에게 무심코 작게 안녕이라고 말했는데, 걔가 고개를 갸우뚱거렸어요. 소연이가 청각장애를 가지고 있다는 걸 깜빡한 거죠. 미안한 마음에 저도 수첩에 안녕이라고 적었어요. 그러니까 소연이가 소리를 내지 않고 찡그린 표정을 지으며 웃더라고요."

소연이와 짝이 된 이후, 내 학교생활은 다채로워졌다. 반 친구들은 쉬는 시간마다 수시로 소연이를 찾아왔다. 학교에서 딱히 친하게 지내는 친구가 없었던 나는 소연이 덕분에 많은 친구를 사귈 수 있었다.

"돌이켜 보면 오히려 소연이가 제 마니또였어요. 저는 소심하고 말수가 적은 편이었는데, 소연이가 늘 먼저 제게 수첩으로 말을 걸어줬거든요. 어떤 영화를 좋아하는지, 어떤 색깔을 좋아하는지, 어떤 음식을 좋아하는지. 가족이 아닌 누군가와 그렇게 친밀하게 긴 이야기를 나눠본 게 처음이었어요."

소연에게 호의적인 태도를 보이는 친구만 있지는 않았다. 몇몇 일진은 몰려다니며 뒤에서 소연을 수시로 조롱했고, 심지어 없는 소문을 만들어 퍼트리기도 했다.

"내 주변에 있는 사람 열 명 중에 일곱 명은 내게 무관심하고, 두 명은 나를 싫어하며, 한 명은 나를 좋아한다는 말이 있죠? 그냥 아무 이유 없이 소연이를 싫어하는 녀석들이 있었어요. 왜 특수학교로 가지 않고 일반학교로 와서 물을 흐리냐는 수준의 뒷담화는 양반이었습니다. 입에 담지도 못할 모욕적인 말을 내뱉는 녀석도 있었으니까요."

"어떤 말을요?"

"소연이를 치토스라고 놀리더라고요. 아시죠? 과자이름."

"그 과자 아직도 나와요. 광고 문구도 예전 그대로예요. 언젠간 먹고 말 거야!"

"아무리 짓궂어도 여자애한테 할 말은 아니었죠. 엄연히 성추행인데."

어느 날 나는 다른 반 일진이 복도를 지나가는 소연의 뒤에서 '치토스'를 외치며 키득거리는 소리를 들었다. 나는 그 녀석에게 다가가 소연에게 사과하라고 소리를 질렀다.

"큰 용기를 내셨네요."

"솔직히 겁이 났어요. 그 녀석의 덩치가 저보다 훨씬 컸으니까요. 하지만 그냥 못 넘어가겠더라고요. 마니또 게임이 아직 진행 중이었거든요. 필요할 때 적절하게 도와줘야 한다는 규칙을 어기고 싶지 않았어요. 창피하잖아요."

일진에게 겁도 없이 덤빈 결과는 비참했다. 나는 복도에서 많은 친구들이 보는 가운데 그 녀석에게 두들겨 맞았다. 제대로 덤벼보지도 못한 채 바닥에 쓰러진 나를 소연이 겁에 질린 얼굴로 바라보고 있었다.

"소연이는 수첩으로 제게 왜 싸웠는지 아프지 않은지 물었는데, 저는 아무 대답도 하지 않았어요. 쪽팔렸거든요. 제가 지금까지 살면서 가장 쪽팔렸던 순간 중 하나예요. 제가 수첩을 무시하니까 소연이는 제 눈치만 보며 어쩔 줄 몰라 하더라고요."

내가 일진한테 두들겨 맞았다는 소식이 담임선생의 귀에도 들어갔다. 나는 자초지종을 묻는 담임선생에게 소연이 학교에서 겪는 일을 털어놓았다. 다음 날부터 소연은 학교에 오지 않았고, 며칠 후 특수학교로 전학

했다는 소식이 들려왔다.

"나중에 담임이 학년 조회에서 학생들을 모아놓고 호통을 치더라고요. 소연이의 부모님께서 학교에서 벌어진 일 때문에 큰 충격을 받았다고. 저도 소연이의 갑작스러운 전학에 충격을 받았어요. 걔가 떠난 빈자리를 보고 깨달았거든요. 제가 걔를 정말 좋아했다는 걸 말이죠. 부끄럽지만 그때 혼자 많이 울었습니다."

소연과 끊어졌던 인연은 이듬해 말에 다시 이어졌다. 소연이 내게 보낸 편지가 학교에 도착한 것이다. 편지에는 자신을 위해 싸워준 내게 제대로 작별 인사를 하지 못하고 전학을 가서 미안하다는 사과가 담겨 있었다. 올해 마지막 날 오후 7시에 학교 운동장에서 만나자는 약속과 함께.

"편지는 저만 소연이를 향한 감정이 남다르지 않았다는 증거로 보였어요. 학교에서 소연이의 편지를 받은 사람은 저뿐이었으니까요."

"편지. 정말 오랜만에 듣는 단어네요."

"21세기로 넘어가면서 사라진 낭만이죠."

나는 설렘과 기대 속에서 소연이 편지로 약속한 날을 맞았다. 소연은 약속 시각보다 20분 일찍 학교 운동장에 도착했다. 그보다 10분 일찍 학교에 도착한 나는 울타리 밖에서 운동장에 서 있는 소연을 지켜봤다. 나는 양 겨드랑이에 차가워진 두 손을 끼운 채 소연의 모습을 초조한 마음으로 주시했다.

"입시에 성공해 소연이에게 당당한 모습을 보여주고 싶었는데 실패했어요. 제대로 공부하지 않았으니 당연한 결과였죠. 그렇지만 자신이 초라하다는 기분이 드니까 선뜻 소연이 앞에 나서지 못하겠더라고요."

시간은 약속 시각보다 한 시간 더 흐른 오후 8시가 됐다. 추위를 이기려고 발을 동동 구르며 운동장 주위를 살피던 소연은 기다림을 포기한 듯 발걸음을 교문 방향으로 옮겼다. 나는 여기서 더 지체하면 안 된다고 마음을 다잡으며 교문을 향해 달렸다. 그때 자동차 타이어가 끌리는 날카로운 소리와 함께 무언가가 부딪히는 둔탁한 소리가 들렸다.

"소연이가 교문 앞에서 급정거한 승합차에 부딪혀 멀리 날아가더라고요. 그 모습이 마치 슬로 모션처럼 보여 비현실적으로 느껴졌어요."

나는 구급차에 실리는 소연의 모습이 내가 마지막으로 보는 소연의 모습임을 직감했다. 그런 상황에서도 나는 주위에 몰려든 사람들의 눈치를 보며 소연에게 아무런 말도 하지 못했다. 정신을 잃기 전에 나와 눈이 마주친 소연이 작은 목소리로 힘겹게 말했다.

"엉우야 니앙애……. 어눌한 목소리로 남긴 미안하다는 말이 소연이가 제게 처음이자 마지막으로 들려준 목소리였어요. 정말로 미안해해야 할 사람은 따로 있는데."

내 목소리에 깊은 회한이 실렸다.

"제가 제시간에 소연이 앞에 나타나기만 했어도, 최소한 교문 밖을 나서는 소연이보다 몇 초 먼저 교문 앞에 도착하기만 했어도, 소연이가 그렇게 허망하게 세상을 떠나는 일은 없었을 거예요."

그날 이후 소연은 내 인생의 유일한 연인이 됐다. 그것이 세상에 남은 내가 할 수 있는 마지막 도리라고 생각했다. 소연의 유골을 안치한 납골당에 들르는 일은 특별한 일과가 아닌 습관이 됐다. 항상 소연을 마음에 두고 있으니, 마치 소연과 장거리 연애라도 하는 듯한 착각을 하기도 했다.

"바보 같고 황당하죠? 상대방이 죽은 다음에 홀로 시작한 연애라니."

"범우 씨를 많이 원망했어요. 지금은 아니지만."

"네? 저를요?"

경선은 자신의 책상 서랍에서 액자를 꺼내 보여줬다. 액자 속 사진에는 소연과 소연을 닮은 어린 여자아이의 모습이 담겨 있었다. 나는 사진 속 어린 여자아이의 얼굴과 경선의 얼굴을 번갈아 바라보며 탄성을 내질렀다.

"세상에! 둘이 자매예요?"

경선은 액자를 도로 서랍 속에 집어넣고 창밖으로 시선을 돌렸다.

"슬픈 건 나이 든 몸이 아니라 함께 나이 들지 못한 마음이더라고요. 저보다 간절하게 언니를 그리워하고 기억해줘서 고마워요, 범우 씨."

경선이 나를 소연과 재회하던 순간의 기억 속으로 돌려보낼 준비를 마치고 내게 물었다.

"그때로 시간을 되돌리면 꼭 해보고 싶은 게 있나요?"

"소연이의 이름을 크게 불러보고 싶어요."

"네? 고작 그거예요?"

"그거면 충분해요."

소연이 세상을 떠난 후에야 깨달은 사실이 있었다. 돌이켜 보니 나는 단 한 번도 소연의 이름을 소리 내 불러본 적이 없었다. 내가 소연을 부르는 방법은 어깨나 팔을 툭툭 치는 게 전부였다. 소연은 내 목소리를 잘 듣지 못했으니까. 그 때문에 나는 납골당에 들르면 일부러 소연의 이름을 소리 내 불러보곤 했다.

"제가 범우 씨의 기억을 조금 손봤어요."

"어떤 부분을요?"

경선은 씩 웃으며 장난기 어린 표정을 지었다.

"그건 직접 언니를 만나 확인해보세요. 마음의 준비가 됐으면 말씀하세요."

"준비됐습니다."

경선이 내게 손을 흔들었다. 경선의 눈가에 눈물이 고였다.

"이제 범우 씨와 정말로 작별이네요. 그동안 고생 많으셨어요. 부디 언니와 행복한 기억 속에서 영원히 함께하시기를 빌어요. 잘 가요."

점점 주위가 밝아지며 경선의 모습이 흐려지기 시작했다. 나는 스스로 큰 짐을 짊어지기로 한 경선이 부디 큰 고초를 겪지 않기를 바랐다.

나를 감쌌던 빛이 사라지자 낯익은 풍경이 눈앞에 펼쳐졌다. 나는 학교 울타리 밖에 서 있었고, 운동장에서 나를 기다리는 소연의 모습이 보였다. 오랫동안 머릿속으로만 그리워했던 얼굴을 다시 보니 심장이 격렬하게 뛰었다.

시간을 확인해보니 이제 막 오후 7시를 넘어가는 중

이었다. 나는 당장 운동장으로 달려가고 싶은 마음을 누르고 조용히 소연을 지켜봤다. 두 손을 모아 입김을 부는 모습, 발을 동동 구르는 모습, 두리번거리는 모습. 그 모든 모습이 내게 귀한 풍경이었다. 이제 정말로 마지막인 만큼 가능한 한 오래 소연의 모습을 눈에 담고 싶었다.

시간이 오후 8시에 가까워졌다. 나는 소연이 교문으로 발걸음을 돌리기 전에 먼저 교문을 향해 뛰었다. 교문 앞에 서서 가쁜 숨을 토하는 나와 소연의 눈이 서로 마주쳤다.

내 뒤로 승합차가 과속하며 스쳐 지나갔다. 승합차의 차체 바닥이 과속방지턱에 긁히는 소리가 날카로웠다. 승합차가 멀어지는 모습을 확인한 나는 소연을 바라보며 큰소리로 외쳤다.

"소연아!"

서서히 어둠이 걷히고 따뜻한 바람이 불었다. 교문 옆에 서 있던 벚나무가 앙상했던 가지의 색을 붉히더니 거짓말처럼 하얀 꽃을 가득 피웠다.

소연이 찡그린 표정 대신 환한 미소를 지으며 또박또박 자연스럽게 말했다.

"범우야, 오랜만이야."

　몇 년 전 나는 유튜브에서 레고로 만든 로봇이 움직이는 영상을 보고 경악했다. 로봇은 바퀴를 단 단순한 큐브 형태였는데, 장애물을 감지하면 부딪치지 않으려고 뒤로 움직이거나 멈췄다.

　겉보기에 특별해 보이지 않는 로봇이 특별했던 이유는 움직이는 원리 때문이었다. 연구진은 장애물을 만나면 피해야 한다는 행동 패턴 알고리즘을 로봇에 집어넣지 않았다. 로봇에 집어넣은 데이터는 예쁜꼬마선충의 뉴런 연결 정보뿐이었다. 한마디로 로봇은 예쁜꼬마선충 그 자체였다. 아울러 로봇은 인간의 뉴런 연결 정보를 모두 파악한다면 인간과 똑같이 행동하는 로봇을 만들 수 있다는 증거이기도 했다.

　무엇이 인간을 인간답게 하는 걸까. 심폐사 대신 뇌사를 죽음의 기준으로 봐야 한다는 의견에 동의하는 이들이 많다. 이는 장기 이식이라는 현실적인 문제와도 관련이 있지만, 뇌가 인간을 인간답게 하는 기관이라는 공감대가 형성돼 있기 때문일 테다.

　그렇다면 인간의 뇌를 재현한 데이터도 인간이라고 부를 수 있을까. 그 데이터를 복제한 데이터도 인간이라고 부를 수 있을까. 아마도 이에 동의하는 의견은 거의 없을 테다. 그렇다면 연구를 목적으로 그런 데이터를 함부로 다루는 일은 옳은가. 이 질문에는 의견이 꽤 갈리지 않을까 싶다. 인간이라고 부르기는 어렵지만, 함부로 다루기는 뭔가 꺼려지는 존재. 언젠가 다가올 미래에 관해 무겁지 않게 질문을 던지고 싶었다. 인간을 인간답게 만드는 가장 중요한 요소는 사랑이라는 감정이 아니냐고 말이다.

이 소설의 제목과 문장 일부를 싱어송라이터 백아의 노래 「시간을 되돌리면」에서 빌렸다. 좋았던 시간으로 되돌아가는 상상을 하게 해준 노래에 감사하다.

벽 너머의 소리

박상호

1991년 출생. 대구에서 글을 쓰고 있다. 2020년 「호루라기」로 제2회 119 문화상에서 은상을, 「제3의 종」으로 해양환경 스토리 공모전에서 우수상을 수상했다. 현재 장편 출간을 목표로 이야기를 만들고 있다. 결말을 알고 봐도 재미있는 글을 쓰고자 한다.

1

　나는 특징이 없는 게 특징이라는 식의, 지독히도 익명
적인 인간이다. 얼굴이 예쁜 편도 아니며 좋은 신발을
신고 다니지도 않는다. 원래부터 말수가 적고, 먼저 말
을 걸어도 애매한 대답만 늘어놓다 보니 친구들도 나를
멀리했다. 어느 틈엔가 나는 반 아이들에게 공기 같은
존재로, 교실 풍경의 일부분쯤으로 여겨지게 되었다.

　존재감만 없다뿐이지 따돌림을 당하는 건 아니다. 나
처럼 있는 듯 없는 듯한 애는 무리의 표적조차 될 수 없
다. 따돌림은 얌전하고 예의가 바르면서도 약간의 존재
감을 띠고 있는 애들이 당한다. 따라서 나는 포식자의
눈 안에 들까 봐 불안해할 필요가 없었다. 아무도 내게
관심을 두지 않았으니까.

　우리 반에서 표적이 된 애는 키가 작은 남학생이었다.
들자 하니 중학교 때부터 이어지던 따돌림이 같은 고등
학교로 진학하게 되면서 자연스럽게 이어졌다는 모양
이다. 포식자들은 돈을 뜯기도 하고, 다른 아이들이 보
는 앞에서 창피를 주기도 했다. 따돌림을 당한 남자애
는 4월의 날씨에도 겨울비를 맞은 작은 생물처럼 늘 몸

을 움츠리고 다녔다.

그 일이 잘못됐다는 걸 알면서도 누구도 나서지 않았다. 괜히 나섰다가 다음 표적이 될 수도 있기 때문이다. 그들의 행위를 조용히 방관한 우리는 모두 공범자였으므로 선생님이나 다른 어른에게 도움을 요청하지도 못했다.

어느 날, 평소처럼 포식자들이 남자애를 에워싸고 있을 때였다.

"저기, 너무 치사하다고 생각 안 해?"

조용한 교실에서 그런 목소리가 날아들었다. 반 아이들의 시선이 일제히 한 자리로 집중되었다.

목소리의 주인공은 창가 쪽 맨 끝자리에 앉은 여자아이였다. 이름이 진아라고 했던가. 그 아이는 덩치가 우락부락하지도 않고, 소위 말하는 '빽'이 있는 아이도 아니었다. 굳이 계급을 나누자면 나와 비슷한 계층의 여자아이였다. 진아는 팔짱을 낀 채 포식자들을 가만히 노려보고 있었다.

"요즘 청소년 보호법 폐지하자는 말이 많던데……. 너네가 한 행동을 인터넷에 올리면 어떻게 될까?"

내뱉는 말투에 흔들림이 전혀 없었다. 마치 자신이 상대방보다 우위에 있다는 것을 내세우는 듯한 억양이었

박상호

다. 그것은 분명한 선전포고였다. 포식자들의 얼굴이 험상궂게 일그러졌다. 그걸 지켜본 우리는 몸에 힘을 주고 소란에 대비했다. 다음에 벌어질 광경이 불 보듯 뻔했기 때문이다.

그런데 놀랍게도 포식자들은 별다른 제재 없이 고분고분하게 각자의 자리로 회귀했다. 반 아이들은 서로 얼굴을 마주 봤다. 포식자에게 그런 어쭙잖은 협박이 먹혀들다니, 어이가 없었다. 우리는 그 일을 통해 포식자의 정체를 겨우 알게 되었다. 그들은 갈고리 같은 발톱이 아니라 선량한 발굽을 지닌 유순한 생물이었다. 아무도 대항하지 않았기 때문에 그 사실을 알지 못했던 것이다. 어쩐지 사기 당한 기분이었다.

진아는 턱을 괴고 아무렇지 않게 창밖을 내다봤다. 그 모습은 도저히 혁명을 일으킨 사람으로 보이지 않았다. 여유로운 옆얼굴엔 고결함까지 느껴지는 듯했다. 대충 흘겨봤다면 분명 그렇게 생각했을 것이다.

하지만 나는 보았다. 그 애의 하얗고 기다란 손가락이 파르르 떨리고 있는 것을.

사실은 그 애도 두려웠던 거다. 두려우면서도 나선 거다. 그 모습이 나를 바닥없는 구멍 아래로 떨어뜨렸다. 나 자신이 부끄러워 견딜 수가 없었다. 나는 잘못됐다는 걸 알면서도 바꾸려고 하지 않았다. 반 아이들의 마음에 편승해 외면하기 바빴다.

내게도 저런 능력이 있다면 얼마나 좋을까. 내가 가지지 못한 마음을 그 애는 가지고 있었다. 나도 진아처럼 강해지고 싶다. 용기를 가지고 싶다. 그런 생각을 할수록 내 능력이 너무도 보잘것없이 느껴졌다. 아, 이 얼마나 쓸모없는 능력인가.

어릴 적부터 나는 친구를 사귀는 데 서툴렀다. 어렵다 보니 친구들을 멀리하게 됐고, 정신이 들고 보니 친구들 사이에서 '쟤는 우리를 싫어해' 라는 반응이 생겨났다.

아빠가 교통사고로 돌아가시고부터 엄마 혼자서 두 사람 몫의 일을 해왔다. 아침 일찍 나가서 내가 잠자는 틈에 들어와 청소를 하고 빨래를 했다. 그런 엄마에게 놀아달란 말을 할 순 없었다. 나는 혼자 노는 법을 터득해야 했다.

초등학교 2학년 때였다. 미술 시간에 종이컵 전화기를 만들었다. 종이컵 아래에 구멍을 뚫어 실로 연결한 다음, 종이컵을 입과 귀에 대고 짝꿍과 이야기를 주고받는 놀이였다. 마땅한 장난감이 없던 나에게 안성맞춤인 놀이 같았다. 친구들은 딴청을 부리다 선생님에게

혼이 났지만 나는 입술을 앙다문 채 만들기에 집중했다. 선생님이 완성한 종이컵 전화기로 옆 짝꿍과 말을 나눠보라고 했다. 나는 얼른 시험해보고 싶은 마음으로 옆에 앉은 남자아이를 바라봤다. 그러자 남자아이는 얼굴을 찌푸리며 화를 냈다.

수업을 마친 후, 반 아이들은 종이컵을 찢거나 낙서를 해서 훼손시켰지만 나는 가방에 소중히 넣어 집으로 가져왔다. 그리곤 아무도 없는 집에서 종이컵 전화기로 병원 놀이를 했다. 곰인형 배에 종이컵을 얹은 다음, 나머지 종이컵을 귀에 대고 의사 선생님 흉내를 냈다.

"음, 몹쓸 걸 많이 먹었네요."

그러면 정말 곰인형의 배에서 뭔가 움직이는 듯한 기척이 느껴지곤 했다.

병원 놀이가 지겨워지면 산책을 나갔다. 산책을 나갈 때도 종이컵 전화기는 꼭 챙겼다. 실을 목에 걸고 걸어가다가 눈에 띄는 것이 있으면 얼른 종이컵을 갖다 대고 소리를 들었다.

마을에 오래된 느티나무가 한 그루 있었다. 두 팔을 벌려도 닿지 않을 만큼 거대한 나무였다. 나는 그 딱딱한 나무껍질에 종이컵을 대보았다. 처음에는 아무 소리도 들리지 않았지만 조금 지나자 희미하게 물소리가 났다. 얕은 국물을 국자로 살그머니 휘젓는 듯한 소리였다. 신기했다.

집으로 돌아가는 길에 유난히 좋아 보이는 주택을 발견했다. 잔디 깔린 마당이 우리 집 거실보다 넓었다. 이런 집에선 무슨 소리가 날까. 문득 궁금해진 나는 잽싸게 집 안으로 침입했다. 돌담과 집 외벽 사이에 좁은 공간이 있었다. 그곳에 몸을 숨기고 외벽에 종이컵을 갖다 댔다. 잠시 후 물 쓰는 소리가 들렸다. 물 쓰는 소리에 섞여 여자의 흥얼거리는 소리가 났다. 나는 그것이 설거지하는 소리라는 것을 깨달았다. 귀를 기울이자 이번에는 종이 넘기는 소리가 들렸다. 연습장이나 공책이 아닌 넓은 면적의 종이 같았다. 이건 신문을 보는 소리일까. 그런 생각을 하는데 갑자기 발소리가 다가왔다. 깜짝 놀란 나는 재빨리 잔디마당을 가로질러 집으로 도망쳤다.

그날 이후로도 나는 벽 너머의 소리를 몇 번이나 들을 수 있었다. 안방에서 들리는 엄마의 통화 소리, 옆집 할아버지의 기침 소리, 빨간 벽돌집에 사는 같은 반 남자아이의 울음소리. 종이컵 전화기를 사용하면 뭐든 들을 수 있었다. 그리고 얼마 지나지 않아 나는 굳이 집 밖으로 나가지 않아도 된다는 사실을 깨달았다. 벽 너머의 소리는 공간을 훌쩍 뛰어넘어 들리기도 했다.

하루는 이런 일이 있었다. 침대에 드러누워 내 방 벽에 종이컵을 대고 있자니 또래 아이들의 목소리가 들려왔다.

— 집에 아무도 없는 거 맞지?

— 그렇다니까. 몇 번을 물어봐!

뭔가 저지르려는 듯 아이들의 목소리는 흥분으로 가득했다. 목소리 사이로 뭔가 끌리는 소리가 들렸다. 곧바로 컹, 하고 짖어서 그것이 묶여 있는 개라는 것을 알았다.

그런데 뭔가 이상했다. 내가 사는 주택 근처엔 개를 키우는 집이 없었다.

— 좋았어. 그럼 바로 '나리 구출 작전' 시작이다!

아아. 나는 비로소 아이들이 어디 있는지 알았다. 우리 집에서 걸어서 5분 거리에 있는 '나리 할머니'의 집이다. 할머니는 마당에 하얀색 잡종견 한 마리를 묶어 키우는데, 그 개 이름이 바로 '나리'였다. 나는 종종 학교를 마치면 그 집에 놀러 가 나리에게 빵을 나눠 주곤 했었다.

할머니 집에서 뭘 하려는 걸까. 나는 눈을 감고 상상해보았다. 감긴 눈꺼풀 안으로 장난기 많은 남자애 셋이서 나리 앞에 쪼그려 앉아 있는 모습이 보였다. 나리가 자기도 놀아달라는 듯 폴짝폴짝 땅을 차며 뛰어올랐지만, 목줄 때문에 허공에서 뱅그르르 돌며 되돌아갔다. 그런 풍경들이 선명한 색을 띠며 머릿속에 재생되었다.

— 누가 얘 좀 어떻게 해봐. 자꾸 움직여서 목줄을 못 풀겠잖아.

한 남자애가 낑낑거리며 말했다.

— 이 녀석, 보기보다 힘이 센데.

— 가만히 좀 있어. 다 널 위해서 이러는 거니까.

그 말을 들은 나는 남자애들이 무슨 일을 벌이려는지 눈치챘다.

나리네 할머니는 나리의 목줄을 너무하다시피 꽉 졸라맸다. 나리는 우리가 주는 빵이나 과자를 먹고 하루가 다르게 쑥쑥 커가는데 목줄이 그것을 방해했다. 목 부분만 움푹 팬 것처럼 보였다. 거기다 쇠말뚝에 걸어둔 목줄의 길이는 겨우 1미터 정도밖에 되지 않았다. 활달한 나리에겐 턱없이 부족한 활동반경이었다. 아이들은 나리를 그곳에서 탈출시키려고 하는 것이다.

— 틀렸어. 안 풀리게 철사로 묶어놨어. 망할 할망구!

아무래도 일이 잘 풀리지 않는지 연이어 한숨 소리가 들려왔다.

— 무슨 도구가 필요할 것 같은데……. 예를 들면 뺀치 같은 거.

순간, 나는 우리 집 싱크대 서랍에서 본 빨간색 펜치를 떠올렸다. 어째서 그런 물건이 우리 집에 있는지 모르겠지만 우연히 숨바꼭질을 하다 발견했다. 당시 나는 곰인형과 숨바꼭질을 하며 시간을 보내곤 했었다.

"저기…….."

어느새 나는 종이컵에다 말을 하고 있었다. 머릿속으로 풍경을 떠올리다 보니 아이들과 같은 장소에 있다고 착각해버린 것이다.

"우리 집에 있는데, 빌려줄까?"

순간 들리던 목소리가 뚝 끊겼다. 잠시 후 동요하는 목소리가 실을 타고 귀로 들어왔다.

— 뭐, 뭐야, 방금?

— 야……, 집에 아무도 없다면서?

— 으아아악, 귀신이다아아앗!

나는 바로 아차 싶었다. 아무래도 종이컵 전화기는 듣는 것뿐만 아니라 말도 전달할 수 있는 모양이었다. 겁을 집어먹은 아이들이 비명을 질러대며 줄행랑쳤다. 조금 지나자 목소리는 더 이상 들려오지 않았다. 나는 말을 한 것을 후회했다.

그 일이 있고 난 뒤로 나는 내 능력을 자각하게 되었다. 자각한 다음부터는 완전히 능숙해져서 훨씬 멀리 있는 소리도 들을 수 있게 됐다. 하지만 철이 들 무렵부터 나는 그 종이컵 전화기를 사용하지 않았다. 딱히 궁금하지도 않았고, 남의 말을 엿듣는 데 흥미도 일지 않았다.

남의 말을 엿듣길 좋아하는 사람이라면 이 능력이 마음에 들지도 모른다. 하지만 친구를 따돌림으로부터 구해내지도 못하고, 자기 의사를 똑바로 전달하지도 못하는, 있으나 마나 한 존재감을 지닌 여고생에겐 아무짝에도 쓸모없는 능력이었다.

2

주변은 약간 소란스러웠다. 상점가에서는 아까부터 여름을 주제로 한 노래가 들려오고 있었다. 길거리에 점점 사람들이 많아져서 재영 오빠의 목소리를 쫓는 게 쉽지 않았다.

— 아, 더럽게 덥네.

— 그러게. 좀 시원한 데 가자니까.

— 요즘 날씨에 시원한 데가 어딨냐.

— 야야, 저기 봐라. 저 여자 몸매 죽인다.

재영 오빠와 친구들은 지금 당구장으로 향하는 중이다. 목소리는 재영 오빠를 포함해서 총 네 명. 두 명은 분명 우리 학교 선배인 A와 B 오빠 목소리였다. 평소에도 재영 오빠와 셋이서 자주 뭉쳐 다녔다. 다른 한 명의 목소리는 모르겠다. 다른 학교 사람일까. 목소리가 굵고 하는 말마다 '야야'하고 추임새를 넣는 게 특징인 사람이었다.

— 야야, 들어가기 전에 담배 한 대 빨자.

어디 깊숙한 데라도 들어가는지 저벅저벅 발소리가 오랫동안 이어졌다. 들려오던 소음들이 뚝 끊긴 거로 봐선 아무래도 인적이 드문 골목길에 숨어든 모양이었다.

이윽고 라이터 부싯돌이 탁탁 돌아갔다.

— 쑵, 하~

— 쓰읍, 하아~ 크르릉, 커업, 캭~ 퉤잇!

"……."

나는 귀에 대고 있던 종이컵을 잠깐 뗐다. 계속 듣고 있다간 속이 울렁거려서 저녁을 먹지 못할 것 같았다.

나는 교복 차림으로 침대에 무릎을 꿇고 앉아 멍하니 벽을 쳐다보고 있었다. 어느새 해가 기울어서 창문으로 들어온 저녁 빛이 하얀 벽을 푸르스름하게 비추었다.

그날, 그러니까 진아가 혁명을 일으킨 날, 나는 큰 결심을 하게 됐다. 쉬는 시간이 되자마자 그 애에게 다가가 대뜸 말을 건 것이다. 누군가에게 먼저 말을 걸어보기는 처음이었다. 그것은 내게 있어 있을 수 없는 일이었다. 마치 인생의 보이지 않는 경계선을 훌쩍 뛰어넘는 일처럼 느껴졌다. 그만큼 진아가 보여준 행동은 내게 큰 인상을 주었다. 그 애에 대해 좀 더 알고 싶었다.

진아가 뽀얀 뺨을 긴장시키며 나를 올려다보았다. 막상 말을 걸고 보니 다음 말이 떠오르지 않았다. 앞에서 어정거리고 있자니 진아가 먼저 물꼬를 터주었다.

"고마워할 것 없어. 그냥 좀 조용히 지내고 싶었을 뿐이야."

아무래도 진아는 내가 포식자들의 피해자인 줄 안 것 같았다. 이유야 어찌 됐건 상관없었다. 그녀와 가까워질 수만 있다면.

시간은 좀 걸렸지만 우리는 둘도 없는 친구가 되었다. 교실에서 수다를 떨거나 주말에 만나 예쁜 카페를 찾아다녔다. 진아와 함께 있으면 내게 부족했던 면이 조금씩 채워지는 듯한 기분이 들었다.

언젠가 진아가 자신의 집안 사정에 대해 들려주었다. 초등학교 때까진 평범하게 살았지만, 아버지의 사업실패로 상황이 어려워졌다고 한다. 그때까지 한 번도 트러블이 없던 부모님은 이제는 사흘에 한 번꼴로 다투신다고 했다. 그런 비밀스러운 가정사를 진아는 감명 깊게 본 영화 줄거리를 얘기하듯 담담하게 털어놓았다.

나는 약했기에 겉으로 드러난 부분만 골라 말했다. 엄마 혼자서 나를 키워낸 일도, 친구 하나 없던 나에게 기묘한 능력이 생긴 일도 말하지 않았다. 진아의 강함과 비교하면 내가 가진 능력은 뭔가 어설프고 창피하게 느껴졌기 때문이다.

진아가 재영 오빠에 대한 마음을 고백한 건 중간고사가 끝난 직후였다.

"정말 잘생기지 않았니?"

쉬는 시간에 진아가 휴대폰 화면을 보여주었다. 휴대폰 화면에는 메신저의 프로필 사진이 확대되어 띄워져 있었다. 얼굴 각도가 정면을 향하고 있지 않아서 바로 알아보지는 못했지만, 분명 우리 학교에 다니는 고3 오빠 같았다.

"나, 이 오빠한테 고백할까 봐. 꼭 남자들만 고백하라는 법은 없잖아?"

진아는 그렇게 말하더니 수학 문제를 풀 듯 미간을 찌푸렸다.

"근데 좀 헷갈린단 말이지. 메시지를 보면 재영 오빠도 나한테 마음이 있는 것 같은데, 왜 학교에선 모른 척하는 걸까?"

"부끄러워서 그런 거 아닐까?"

"풋핫, 부끄러워? 너는 재영 오빠가 부끄러워할 사람으로 보이니?"

"음……."

아니. 절대 아니다. 오히려 그 반대였다. 재영 오빠는 소위 말하는 '좀 노는 집단'에 속한 사람이었다. 수돗가에서 진아가 저 사람이 재영 오빠라고 말해주었을 때, 나는 그에게 냉철하고 고지식한 인상을 받았다.

나는 그가 진아의 품성과는 전혀 반대되는 남자라고 생각했다. 사고도 여러 번 쳐서 선생님들 사이에선 골칫덩어리로 통하는 모양이었다. 들리는 소문으로는 정학도 받은 적이 있다고 한다. 하지만 비행을 묵살시킬 만큼 외모가 아름다워서 여학생들에게는 여전히 인기가 많았다.

재영 오빠 이야기를 할 때면 진아는 늘 행복한 얼굴을 했다. 사랑은 국적도 초월한다던데, 진아도 무언가 훌쩍 뛰어넘은 사람처럼 보였다. 나는 사랑이란 단어와 교차점이 전혀 없는 인간이었기 때문에 그녀를 이해하지 못했다. 어째서 진아처럼 올곧은 아이가 비행을 일삼는 남자를 좋아하게 되었는지, 나로서는 알 길이 없었다.

문득 내가 진아를 위해 할 수 있는 일은 뭘까 생각했다. 진아와 함께 있는 것만으로도 나는 나날이 발전하고 있는데, 그 애는 전혀 받아가는 게 없었다. 뭔가 보답하고 싶었다. 겨우 생각해낸 게 재영 오빠의 뒤를 캐내는 것이었다. 재영 오빠의 일거수일투족을 진아에게 알려주고 싶었다. 그러면 얼마나 좋아할까. 이른바 '도청'이라고 하는 행위는 내가 유일하게 잘 해낼 줄 아는 일이었다. 물론 찌를 듯한 죄책감이 가슴속을 후벼 파긴 하지만…….

— 헛소리 그만하고 빨리 쳐.

— 아아, 미안.

어느새 재영 오빠 일행은 당구장 안으로 들어온 모양이었다. 퉁, 탁, 하고 당구공이 부딪히는 소리가 났다. 사람이 많은지 여러 목소리가 한데 섞여 귀가 아팠다.

— 계속 연락 중?

— 뭐, 일단은.

재영 오빠는 끝말에 살짝 힘을 주며 말했다. 퉁, 딱, 딱, 하고 당구공끼리 힘껏 들이받았다. 방금 그 소리는 쓰리 쿠션이라는 걸까. 재영 오빠는 당구도 잘 치는 모양이다. 이 사실도 진아에게 알려주도록 하자.

― 누구? 전에 말했던 애?

― 키 커?

― 큰 것 같던데.

키 큰 애는 진아를 말하는 걸까. 사실 진아는 164센티미터로 큰 편은 아니지만 허리가 꼿꼿해서 본래의 키보다 훨씬 더 커 보인다.

― '그거' 하려고 아껴둔 애야.

응? 그거라니?

나는 앉은 자세를 바로 하고 귀에 신경을 집중했다.

― 언제 먹게?

― 헤엑? 오케이 떴어?

― 언제는 허락받고 했냐?

― 야야, 설마 처음은 아니지?

― 처음 같지는 않던데……. 뭐, 그런 건.

퉁, 딱, 하고 당구공이 쏜살같이 튀어 나갔다.

― 해보면 알게 되겠지.

이어서 줄질을 하듯 거슬리는 웃음소리가 이어졌다.

나는 훔쳐 듣기를 포기했다. 종이컵에서 귀를 떼자 귓바퀴가 욱신욱신 아팠다.

컴컴한 방 안으로 책상과 옷장, 선풍기 윤곽이 되어 보였다. 나는 오빠들이 한 말을 머릿속으로 다시 생각해보았다. 친구들과 어울리는 일이 없었으므로 나는 학생들 사이에서 공공연하게 쓰는 은어도 제대로 해석하지 못했다. 하지만 오빠들의 말은 뭔가 찝찝했다. 내뱉는 말투에서 뭔가 꺼림칙한 분위기가 느껴졌다. 들리는 웃음소리 이면에 뭔가 어둡고 끈적끈적한 진실이 숨어 있는 것 같았다.

이 사실을 진아에게 알려야 할까. 고민하고 있는 사이 방문 너머로 기척이 들렸다. 엄마가 퇴근해서 돌아온 모양이었다. 나는 재빨리 종이컵 전화기를 침대 밑에 숨겨두고 아무렇지 않은 표정으로 방을 나갔다.

3

"무슨 생각 해?"

느닷없이 목소리가 날아드는 바람에 내 몸은 순간 붕 떠올랐다가 떨어졌다.

"깜짝이야!"

"뭘 그렇게 놀래?"

진아가 어이없다는 얼굴로 나를 바라봤다.

"갑자기 나타나니까 그렇지……."

"무슨 생각을 하고 있길래 옆에 사람이 온 줄도 몰라?"

쉬는 시간을 맞은 교실 안은 아이들 목소리로 수런거렸다. 진아가 말을 걸어오기 전까지 나는 수업 종이 울린 지도 몰랐다.

"있지, 나 오늘 재영 오빠 만나기로 했어."

진아가 내 책상 모서리에 슬쩍 기대서며 말했다. 그 말을 듣는 순간 내 마음은 무거워졌다.

"어제 확신이 들었어. 나, 역시 고백해버릴까 봐."

"고……백?"

"응. 전에 말하지 않았나?"

그렇게 말하면서 진아는 막 태어난 새끼강아지를 보는 것처럼 입매를 누그러뜨리며 웃었다. 들여다보지 않아도 그녀의 머릿속에 어떤 상상이 들어차 있는지 알 것 같았다.

— '그거' 하려고 아껴둔 애야.

어젯밤에 들은 재영 오빠의 목소리가 귓전에 울렸다.

— 언제는 허락받고 했냐?

아무래도 오빠들은 좋지 못한 마음을 품고 있는 것 같았다. 그게 어떤 형태인지는 모르겠지만 이로운 쪽은 아닐 거라는 확신이 들었다. 역시 진아에게 말을 해야

96

할까. 하지만 어떻게 설명해야 좋단 말인가.

"저기, 진아야. 그 오빠 말인데……."

마음을 군히고 일단 그렇게 운을 뗐다.

"들리는 소문이 별로던데……."

진아는 모르는 단어를 들은 사람처럼 고개를 갸우뚱했다.

"무슨 소문?"

"그, 있잖아……. 정학도 몇 번 당했다고 하고, 어울려 다니는 오빠들도 한 번씩 사고를……."

"오해라고 말했잖아."

진아가 내 말을 잘랐다.

"친구들이 하자고 해서 그런 거야. 오빠는 아무 잘못 없어."

"하지만 그 오빠들이랑 지금도 어울리고 있는 건 사실이잖아. 본인이 싫으면 안 어울렸겠지."

"무슨 말을 그렇게 해? 친구니까 거절하지 못하는 때도 있는 거야."

나는 멍하니 그녀의 얼굴을 올려다보았다. 내 앞에 서 있는 게 진아가 아닌 들어본 적도 없는 먼 나라의 외국인처럼 느껴졌다. 불의에 대항하던 그녀가 지금은 범죄행위를 감싸주고 있었다. 대체 무엇이 그녀를 이렇게 만들어버린 걸까. 사랑이란 감정은 범죄도 수용할 수 있게 만들어버리는 걸까.

"그, 그렇지만 재영 오빠는 담배도 피우잖아?"

"알고 있어."

"그런데 왜……."

"하고 싶은 말이 뭔데?"

한순간 진아가 눈을 치켜뜬 듯한 기분이 들었다. 나는 이렇게 험악한 얼굴을 한 진아를 본 적이 없다. 그 얼굴을 보자 점점 조바심이 났다. 나를 노려보는 진아가 원망스러웠다.

충동이 말을 밀어 올렸다.

"난 그 오빠 싫어! 그 오빠는 담배도 피우고, 오토바이도 훔치잖아. 여자도 함부로 대할 게 틀림없어. 그러니까 몸매가 어쩌고저쩌고……."

"뭐?"

순간 진아의 얼굴에서 표정이 사라졌다. 그 갑작스러운 온도변화에 나는 몹시 당황했다.

"아니. 내 말은……."

"잘난 체하지 마."

모래라도 뱉어내는 듯한 말투였다.

"네가 뭘 안다고."

진아는 나를 한껏 노려보다가 홱 고개를 돌려 제자리로 돌아갔다. 어찌할 도리없이 몰상식한 사람을 대하는 태도 같았다. 나는 시선을 움직이지도 못한 채 앞자리에 앉은 여학생의 등만 바라보았다.

머리가 멍했다. 일어서서 진아에게 사과를 하고 싶은데 하반신에 힘이 들어가지 않았다. 비밀스럽게 감추어놓은 소중한 무언가가 어느 날 확인해보니 갑자기 사라진 듯한, 그런 암담한 심정이 내 가슴속을 훑고 지나갔다.

다음 날부터 진아는 나를 멀리했다. 눈을 마주쳐도 못 본 척하고, 내가 다가온다 싶으면 잽싸게 자리를 피했다. 나는 울고 싶었다. 주머니에 아무렇게나 쑤셔 넣은 이어폰 줄처럼 뭔가가 번잡하게 뒤엉킨 기분이었다.

어렸을 적, 내 미지근한 반응을 오해한 친구들은 나와 친해지려고 하지 않았다. 나는 서슴대다 결국 기회를 놓쳤고, 졸업할 때까지 쭉 혼자 지냈다. 지난 과오를 반복하긴 싫었다. 어떻게든 해야 했다.

해선 안 될 일이란 건 알고 있다. 범죄이고, 상대방에게 실례되는 일이라는 것도 알고 있다. 하지만 이러지 않고서는 불안해서 견딜 수가 없었다. 재영 오빠가 말한 '그것'이 무엇인지 알고 싶었다. 그것이 일반적인 연애에서 발생하는 절차 중에 하나라면 상관없다. 나는 그쪽 방면으로 아는 게 전혀 없으니까, 혼자 오지랖을 떨고 과대망상에 빠진 건지도 모른다. 그렇다면 차라리 다행이다. 하지만 만에 하나 내 불안감이 현실이 된다면……

— 너는 노래 잘하냐?

— 저요? 아니요. 잘…….

진아가 꺼져가는 목소리로 말했다. 나는 내 방 침대에 앉아 종이컵 전화기로 진아의 목소리를 엿듣는 중이었다.

그날, 재영 오빠는 진아의 고백을 받아들였다. 사귄 다음부터 진아는 늘 오빠들과 어울려 다녔다. 밥을 먹을 때도, 하교를 할 때도, 진아는 나를 거들떠보지도 않았다. 오빠들 사이에서 웃고 있는 진아를 보고 있으면 털 달린 나방이 빽빽이 들러붙은 것처럼 가슴속이 답답했다.

— 캬하하합! 다행이네. 우리도 노래 졸라 못 부르거든.

A 오빠가 쾌활하게 웃으며 말했다. 계단을 걸어가나 싶더니 이윽고 모든 소리가 울리기 시작했다. 노래방에 도착한 모양이었다. 진아가 당구를 못 친다고 하자 장

소를 노래방으로 바꾼 것이다.

다른 방에서 들리는 노랫소리를 들으면서 오빠 일행
은 방으로 들어갔다. 문이 닫히고 일순 적막에 휩싸였다.

— 야야, 이 방은 좀 그렇지 않나?

— 쫄기는. 저 영감탱이 절대 검사 안 해.

대화를 마치자마자 지퍼를 여는 소리가 들렸다. 사락
사락하고 비닐봉지 소리가 나더니 탁자에 뭔가 올려놓
았다. 울리는 소리로 추론해볼 때 유리컵이나 재떨이와
비슷한 재질의 물체 같았다. 나는 그것이 술병이라고
직감했다. 머릿속에 경고등이 켜졌다.

— 야야, 누가 일단 스타트 끊어.

— 오케이! 내가 시작한다.

찰칵, 찰칵하는 리모컨 기계음이 들리더니 별안간 귀
가 찢어질 듯한 MR 소리가 울려 퍼졌다. 나도 모르게
으악, 하고 비명을 내질렀다. 다행히 말하는 쪽의 종이
컵은 허벅지 사이에 거꾸로 뒤집어놓아서 저쪽으로 소
리가 흘러가진 않은 듯했다.

확성기를 귀에 대고 있는 기분이었다. 소리가 워낙 울
리는 바람에 누구의 목소리인지, 어떤 노래를 부르는지
도 가늠이 되지 않았다. 나는 얼굴 근육을 꽉 오므려가
며 필사적으로 진아의 목소리를 찾았다.

— 야, 너도 마셔!

누군가 노랫소리에 지지 않으려 고함을 질렀다.

— 죄송해요!

대답을 한 건 진아였다.

— 저 술은 못해요!

— 왜? 너도 마시지.

타이르듯이 말한 쪽은 재영 오빠였다. 이상하게 재영 오빠의 목소리만은 울리는 일 없이 부드럽게 귀로 들렸다.

간주 중인지 마이크를 잡고 있던 오빠가 건배를 외쳤다. 다음 순간 '멍청아, 영감 듣겠다!' 하고 꾸짖는 소리가 들렸다. 꿀꺽, 꿀꺽 액체를 삼켜내는 소리가 마이크에 울려 퍼졌다. 나는 마음속으로 노래방 주인을 몇 번이고 불러냈다. 주인에게 들킨다고 해도 진아는 술을 마시지 않았으니 처벌을 면할지도 모른다.

아주 잠깐 종이컵 전화기로 말을 해볼까도 생각했었다. 그러나 그 계획은 곧바로 머릿속에 유치되었다. 급박한 상황이 아니라면 가능한 한 소란을 일으키고 싶지 않았다. 어떤 경우에든 대개 피해를 입는 쪽은 여학생일 테니까.

나는 종이컵을 통해 노래방에서 즐겁게 뛰노는 소리를 전해 들었다. 얼마쯤 흘렀을까. 뭔가 꾸물꾸물 기어가는 소리가 들렸다. 노랫소리가 방 안을 꽉 채우고 있는데도 그 기묘한 소리는 유난히 또렷하게 귀로 들려왔다. 그 소리의 어느 부분에서 나는 설마 하는 생각을 했다. 천끼리 맞닿는 까칠까칠한 소리가 났다. 뚱뚱한 뱀이 패브릭 소파를 기어가면 이런 소리가 나지 않을까. 마찰음 사이사이로 여자의 소리가 섞여들었다. 말이 아닌 교성이었다.

— 거기는…… 안 돼요…….

진아의 숨소리를 덮어버리듯 뭔가가 그녀의 입을 막았다. 마찰음이 점점 거칠어졌다. 콧김과 몸을 뒤트는 기척, 세찬 숨소리가 한데 섞여 종이컵 안에 울려 퍼졌다.

저절로 주먹에 힘이 들어갔다. 나는 부끄러움도 잊은 채, 진아에게 일어나고 있는 일련의 과정들을 머릿속으로 재빨리 그려보았다.

— 왜?

재영 오빠의 짧은 말과 함께 들려오던 소리가 뚝 끊겼다. 부르나 마나 한 성의 없는 노랫소리만 배경음악처럼 멀리서 들려왔다.

— 저, 학원 때문에 먼저 가볼게요.

— 야.

— 응? 벌써 가게?

마이크를 잡은 채로 A 오빠가 말했다.

— 네. 미리 말 못 해서 미안해요.

— 야, 이렇게 가는 게 어디 있어.

테이블이 드르륵 밀리는 소리가 났다. 재영 오빠의 목소리엔 어느 정도 짜증이 배어 있었다.

— 죄송해요, 오빠. 다음에 봐요.

— 다음엔 안 빼는 거지?

— 네, 다음에요.

문이 열리고 닫히는 몇 초 사이에 옆방의 노랫소리가 확 커졌다가 사라졌다.

진아의 말은 거짓말이었다. 진아는 집안 사정 때문에 학원에 다니지 않았다.

진아가 떠난 노래방은 고요했다. 노래방 특유의 울림소리를 제외하면 그 어떤 소리도 들려오지 않았다. 나는 그 침묵의 정체를 눈치챘다. 그것은 뭔가 일이 뜻대로 풀리지 않았을 때 찾아오는 답답함과 분함, 노여움과 비슷한 맥락의 침묵이었다.

4

"저기…… 오늘 뭐 해?"

1교시 수업을 마치자마자 진아의 자리로 갔다. 진아는 책상에 두 팔을 올려놓고 가만히 다음 수업이 시작되기를 기다리고 있었다.

진아는 나를 힐끗 올려다보더니 그대로 시선을 돌렸다. 무안하고 겁이 났지만 나는 용기를 냈다.

"오늘 같이 쇼핑하러 가지 않을래? 요즘 신을 게 없다고 했더니 엄마가 용돈을……."

"혼자 가."

진아는 냉동고에서 꺼낸 듯한 차가운 목소리로 내 말을 잘랐다. 막연하게 예상은 하고 있었지만 상황이 닥치자 덜컥 겁이 났다. 나는 땀에 젖은 손바닥을 교복 치마에 문질러 닦았다.

"같이 가자."

진아가 천천히 얼굴의 각도를 바꾸어 나를 올려다봤다. 무표정한 눈으로 얼마간 나를 응시하더니 입꼬리를 올려 씨익 웃었다.

"내가 왜?"

"왜라니……. 우린 친구잖아."

"난 너 같은 친구 둔 적 없어."

"진아야."

"왜? 이번에는 무슨 말 하려고? 나 재영 오빠랑 사귀어. 네가 그렇게 못마땅해하던 사람이랑 사귄다고. 근데 나랑 친구 할 수 있겠어?"

남학생 한 명이 장난을 치다 의자를 넘어뜨렸다. 별것도 아닌 소음에 내 몸은 어처구니없을 정도로 놀랐다. 진아가 풋, 하고 비웃었다.

"오, 오해야. 나는 그런 뜻이 아니라……."

"그러면 네가 착해 보이는 것 같지? 아니야. 그거 되게 찐따 같은 거 알아?"

"아무래도 좋아. 찐따라고 해도 좋고, 호구라고 해도 좋아. 대신 오늘 하루만 나랑 같이 있자, 응? 나랑 같이 쇼핑도 하고, 영화도 보고, 아, 사거리에 버거킹 생겼더라. 거기 가서……."

"왜 이러는 건데, 갑자기? 나 오늘 재영 오빠랑 보기로 했어."

나무막대기로 짓누르듯 가슴이 아파왔다.

"……재영 오빠는 다음에 봐도 되잖아."

"너 재영 오빠 좋아해?"

"뭐?"

"그게 아니면 왜 그러는 건데?"

말문이 막혔다. 목구멍에 점토가 들어찬 기분이었다. 소리 없이 입만 뻥긋거리고 있자니 진아가 더 이상 할

말 없다는 듯 책상 서랍에서 교과서를 꺼내 올렸다. 내 마음도 모르는 채, 등 뒤로 수업 종이 울렸다.

"자리로 안 가?"

"아, 응······."

나는 시커먼 물속을 헤엄치는 기분으로 교실 바닥을 걸었다. 자리에 앉는 순간 눈꺼풀 안쪽으로 타들어가는 듯한 통증이 일었다.

결국 막지 못했다. 막아야 했는데, 나는 그러지 못했다.

그날 진아가 떠난 노래방 안에서 가장 먼저 입을 연 사람은 재영 오빠였다.

— 어때? 해볼 만하지?

— 조금 애매한데······.

— 괜찮아. 저런 애들이 또 입은 무겁거든.

— 장소는?

— 우체국 뒤. 거기 공사 중단된 거 알고 있지? 밤만 되면 그쪽으로 아무도 안 지나가.

— 언제 할 건데?

— 다음 주 금요일.

오늘이었다.

여기저기 균열이 나 있는 담벼락 뒤에 몸을 숨겼다.

고개를 약간만 움직이면 폐건물이 바로 눈에 들어온다. 어둑해진 풍경 속에서 콘크리트 덩어리는 몸을 웅크리고 있는 검은 짐승처럼 보였다. 폐건물 앞에 세워져 있는 펜스가 저녁 빛을 받아 희끄무레하게 빛났다.

멀리서 자동차 지나는 소리만 간간이 들려올 뿐, 폐건물을 찾는 기척은 들려오지 않았다. 하지만 이제 곧 온다. 어두운 마음을 품고 있는 재영 오빠와 아무것도 모르고 있는 진아가.

내뱉는 숨이 담벼락에 반사되어 그대로 얼굴로 전해졌다. 손에는 종이컵 전화기가 들려 있었다. 세월로 인해 변색된 부분이 어둠 안에서 잿빛으로 보였다.

기우였으면, 하고 바랐다. 그저 쓸데없는 오지랖이 발동하여 사사건건 트집을 잡고 있는 거였으면 좋겠다. 어쩌면 나는 진아를 질투하고 있는지도 모른다. 남자친구가 생긴 친구를 질투해서 있지도 않은 일을 멋대로 지어내 걱정하고 있는지도 모른다. 아무 일도 일어나지 않았으면 좋겠다. 그렇게 빌었다.

얼마쯤 지나자 골목을 걸어오는 발소리가 들렸다. 웃는 소리로 그것이 재영 오빠 일행이라는 것을 알았다. 나는 몸을 긴장시켰다.

철컹, 철컹하고 철계단을 오르는 소리가 들렸다. 슬쩍

내다보자 어둑한 풍경 속에 팔랑이는 교복 치마의 윤곽이 눈에 들어왔다. 나는 심호흡을 하고 담벼락에 종이컵을 붙였다. 종이컵에 귀를 대고 정신을 집중했다. 새벽에 라디오를 튼 것처럼, 깜짝 놀랄 정도로 큰 소리가 종이컵 안으로 들려왔다. 비닐봉지를 뒤지는 소리였다.

— 너무 어둡지 않아요?

— 조금만 지나면 금방 적응돼. 불을 켜면 괜히 의심받을 수도 있으니까.

재영 오빠가 어르는 목소리로 진아를 안심시켰다. 봉지 안의 내용물을 콘크리트 바닥에 내려놓았다. 대화랄 것도 없이 곧바로 꿀렁꿀렁 물 따르는 소리가 들렸다.

— 오늘은 너도 마실 거지?

재영 오빠가 물었다. 나긋하고 자상한 목소리였지만 어딘가 강압적인 느낌이 드는 말투였다. 진아는 대답하지 않았다.

— 자, 마시자.

나는 눈을 질끈 감았다. 머릿속으로 건물 안의 풍경을 떠올려보았다. 높은 빌딩의 불빛이 더러운 창문으로 비쳐들며 시멘트 바닥을 비춘다. 소주병과 먹을거리를 중심에 두고 둥글게 앉아 있는 교복들이 보인다. 검은 얼굴들이 진아의 하얀 얼굴을 곁눈질한다.

나는 감긴 눈꺼풀 안으로 그 영상들을 숨죽이고 지켜보았다. 손에 힘이 들어갔는지 종이컵 몸통 부분이 살짝 찌그러졌다.

말소리는 거의 들리지 않았다. 술을 따르고 마시는 소리, 그리고 숨소리와 뭔가 신호를 주고받는 듯한 의미 없는 기침 소리만 들려왔다.

얼마쯤 지나자 꾸물거리는 입소리가 들렸다. 노래방 안에서 들어본 소리였다. 천이 맞닿고 숨소리에 열기가 느껴졌다. 그것이 키스라고 하는 것을 나는 알고 있었다. 사귀는 사이에 충분히 있을 수 있는 스킨십이다. 내가 이상하게 생각한 부분은 다른 사람이 보는 앞에서 어떻게 그게 가능하냐는 것이다. 마치 일부러 보여주려는 것처럼.

소리는 계속 이어졌다. 어린아이가 입안에 든 젤리를 넣었다 뺐다 하며 장난치는 소리 같았다. 마찰음 사이로 진아의 신음이 섞여들었다. 교성이 아닌 바늘이나 볼펜 심에 찔렸을 때 내는, 본능적인 신음이었다. 마음이 불편했다. 뭔가 일어날 것 같았다. 좋지 못한 예감이 온몸을 엄습해왔다. 하지만 내가 할 수 있는 일은 그저 듣는 일뿐이었다. 나는 귀를 쫑긋 세웠다.

— 오빠, 잠깐…….

박상호

목소리가 높았다. 뒷말이 이어지지 못한 건 무언가가 입을 막았기 때문일까. 그런 생각을 하는데 순간 어둠을 찢어발기는 듯한 비명이 건물 안에서 들려왔다. 종이컵이 아닌 바깥쪽 귀로도 들을 수 있을 만큼 소리가 컸다.

— 야야, 뭐 해. 빨리 와서 잡아.

— 조용히 해, 이년아.

몇 사람의 헉헉대는 숨소리가 들렸다. 묵직한 마대 자루가 땅에 질질 끌리는 듯한 소리가 숨소리를 덮었다. 뭔가 찰싹하고 튕기는 듯한 소음이 났다. 이것은 자신의 위에 올라탄 남자에게서 벗어나려는 몸부림이다. 나는 그렇게 직감했다.

충격과 공포, 분노가 서로 뒤엉키며 명치를 강타했다. 호흡이 거칠어지고 숨을 내뱉을 때마다 어둑한 주변 풍경이 커졌다 작아졌다 했다. 나는 종이컵에서 귀를 떼고 정신이 나간 사람처럼 주변을 두리번거렸다. 흉기가 될 만한 것, 그들을 말릴 수 있을 만한 것을 찾았다. 저 앞에 보이는 골목 어귀에 뭔가가 눈에 들어왔다. 잽싸게 뛰어가 주워들었다. 주먹 크기만 한 돌멩이였다. 그것을 확인하자 느닷없이 눈물이 흘러나왔다.

고개를 들어 눈앞의 건물을 올려다보았다. 가야 한다.

진아를 구해야 한다. 그런데 몸이 움직여주지 않는다. 무릎이 덜덜 떨리고, 갯벌 위에 서 있는 것처럼 발바닥이 꿈쩍도 하지 않는다.

안된다.

못한다.

나는 할 수 없다.

그래. 경찰에 신고를 하자. 그러면 될 일이다. 침착하게 자초지종을 설명하고 얼른 출동해달라고 부탁하자. 발 옆으로 둔탁한 소리가 울렸다. 내려다보자 손에 쥐고 있던 돌멩이가 바닥에 떨어져 있었다. 잘 됐다. 이대로 휴대폰을 꺼내서 신고를 하자. 그런데 그래도 될까? 경찰에 신고를 하게 되면 학교에도 소식이 전해진다. 비밀로 하더라도 눈치 빠른 아이들은 어떻게든 사건의 내막을 캐낼 것이다. 그 뒤 진아는 어떻게 될까. 호기심 어린 시선들을 진아는 과연 얼마나 견뎌낼 수 있을까.

나는 신고하기를 포기했다. 진아는 내가 구해야 한다. 나만이 구해낼 수 있다. 그렇게 생각하면서도 두 발은 여전히 바닥에 가라앉은 것처럼 움직여지지 않았다.

진아의 강한 마음이 내게 반만큼이라도 있었다면.

그때 어디선가 습기를 머금은 바람이 불어왔다. 뭔가가 교복 치마를 건드렸다. 나는 눈물로 뿌예진 시야로 그쪽을 내려다보았다. 종이컵 한 쌍이 어둠 속에서 팔랑팔랑 흔들리고 있었다. 내 왼손은 아까부터 실을 꽉 붙들고 있었다.

조금씩 발을 움직였다. 나는 좀 전까지 숨어 있던 담벼락 뒤로 비틀비틀 걸어갔다. 벽에 종이컵을 붙인 다음 나머지 종이컵을 입으로 가져갔다. 손이 떨리는 바람에 종이컵이 자꾸만 뺨을 찔렀다.

입이 떨어지지 않았다. 이가 딱딱 부딪치고 그때마다 바람 새는 소리가 났다. 좀처럼 마음이 진정되지 않았다. 목구멍으로 손을 집어넣어 부산스레 요동치는 심장을 꽉 쥐여 잡고 싶은 심정이었다.

그때였다. 새카만 건물 안에서 날 선 비명이 울려 퍼졌다.

그 소리는 곧바로 사라졌지만 꺼져가던 내 의식을 일깨우는 데는 충분했다.

"그만둬어어어―!"

눈을 질끈 감고 소리쳤다. 감기에 걸린 사람처럼 목소리가 제멋대로 갈라졌다. 아무래도 상관없었다. 나는 있는 힘껏 소리를 질렀다. 흐느낌이 자꾸만 숨을 밀어냈지만 명치에 힘을 주고 버텼다.

"그 애한테서 당장 떨어지란 말이야아아아―!"

순간 들려오던 기척이 딱 멈춰 섰다.

— 뭐, 뭐야? 누구야?

금속음이 다급하게 부딪쳤다. 이건 벨트를 채우는 소리일까.

"제발, 제발 그만해—!"

— 어디서 나는 소리야, 이거!

— 낸들 아냐, 시발. 야야, 여긴 아무도 없는데.

— 그럼 어디에 숨어 있다는 거야!

— 이런 시발! 일단 도망가자.

— 우리 찍힌 건 아니겠지? 응? 야, 얘는 어쩌고?

— 몰라. 일단 뛰라고, 병신아!

발소리가 서로 엉키며 콘크리트 바닥을 내달렸다. 얼마 지나지 않아 허겁지겁 철계단을 내려오는 소리가 들렸다. 나는 살며시 종이컵에서 귀를 뗐다. 뭐라고 알아듣지 못할 말을 주고받으며 재영 오빠 일행은 서둘러 골목길을 빠져나갔다.

나는 오빠들이 내려온 철계단을 재빨리 뛰어 올라갔다. 아무것도 없는 휑한 어둠 속에 실루엣 하나가 옆으로 누워 있었다. 교복 셔츠 단추는 가슴 아래까지 풀려 있고, 치맛자락이 말려 올라가 하얀 허벅지가 그대로 드러나 보였다.

나는 멈칫멈칫 진아에게 다가갔다. 진아는 얼굴의 반을 먼지 가득한 콘크리트 바닥에 파묻은 채 쌔액쌔액 가쁜 숨을 몰아쉬고 있었다.

어깨를 잡고 일으켜 세웠다. 눈물과 흙먼지가 뒤섞여 진아의 오른쪽 뺨은 미숫가루를 묻힌 것처럼 까맸다.

"괜찮아."

조용히 말해보았다. 진아는 그제야 나란 존재를 파악한 듯 안심한 표정을 지어 보였다. 나는 바닥에 무릎을 꿇고 그녀를 끌어안았다.

"이젠 괜찮아."

종이컵 너머로만 듣던 그녀의 울음소리를 나는 처음으로 귓가에서 들을 수 있었다.

5

어느 주말, 나는 버스를 타고 진아의 집에 찾아갔다. 여름의 뜨거운 햇살이 차창을 뚫고 뺨을 달궜다. 에어컨은 틀어져 있었지만, 버스 문이 열리고 닫힐 때마다 냉기가 더운 공기로 맞바꾸어 들어왔다. 나는 메신저를 켜서 맞게 가고 있는지 다시 한번 확인했다.

얼마쯤 지나자 버스는 멈춰서는 일없이 굽이진 길을

조용히 달렸다. 바깥 풍경은 어느새 높은 건물이 사라지고 어두운 색의 공장들이 질서 있게 늘어서 있었다. 나는 슬슬 내릴 채비를 했다. 다음 정류장에 내려 5분쯤 걸어가면 진아가 사는 빌라가 나온다.

그 일이 있었던 후부터 지금까지 진아는 학교를 나오지 않았다. 담임선생님은 진아가 지독한 감기에 걸렸다고 설명했지만, 거짓말이란 걸 나는 알고 있었다.

오래되어 군데군데 칠이 벗겨진 건물에 진아가 말한 빌라 이름이 쓰여 있었다. 302호가 진아가 사는 집이다. 문 앞에 서서 초인종을 눌렀다. 현관문 너머로 '누구세요~'하는 말이 들리자마자 곧바로 문이 열렸다. 문틈으로 얼굴을 내민 사람은 머리가 희끗해진 진아의 어머니였다. 고생해서인지 얼굴빛이 어둡고 잔주름도 많았지만, 진아가 말한 대로 확실히 미인이셨다.

"그래, 진아 친구구나. 어서 오렴."

나는 아주머니의 안내를 받아 진아의 방으로 들어갔다. 진아는 에어컨 냉기가 가득한 방에서 한가롭게 만화책을 읽고 있었다. 내 얼굴을 보자 배를 덮고 있던 이불을 젖히고 두 팔 벌려 환영해주었다.

"오랜만이네!"

살은 좀 빠졌지만 그래도 기운을 되찾은 것 같아서

박상호

나는 마음이 놓였다.

"그 오빠들은, 학교에 나와?"

침대 등받이에 기댄 자세로 진아가 물었다. 나는 침대 가장자리에 앉아서 이불 위에 쉬고 있는 그녀의 하얀 손가락을 내려다보았다.

"그 뒤로 연락 안 해?"

"안 하지, 당연히."

"그렇구나."

그날 진아는 내게 아무것도 물어보지 않았다. 이곳에 어떻게 오게 됐는지, 어떤 경로로 알게 됐는지, 진아는 물어보지 않았다. 그저 내 품에 안겨 오랫동안 숨죽여 울었다. 나는 그게 고마웠다. 그래서 나도 묻지 않았다. 물론 다 알면서 모른 척한 것뿐이었지만.

"오빠들도 안 나오는 모양이더라. 들리는 말로는 학교를 그만둔다던데."

"그래……."

왜인지 진아는 어두운 얼굴을 했다. 아직도 재영 오빠에 대한 감정이 남아 있는 걸까. 아니면 그의 이면을 제대로 파악하지 못한 자신을 책망하는 걸까.

사건 다음 날, 재영 오빠 일행은 평소처럼 등교를 했

다. 급식실에서도 여느 때처럼 친구들과 떠들었고, 후배가 인사를 하면 눈웃음으로 받아주었다. 그 모습을 지켜보면서 나는 분노보다 공포를 느꼈다. 사건의 피해자인 진아는 고통받고 있는데 당사자는 실실 웃으며 복도를 활보하고 있었다. 뭔가 특단의 조치가 필요했다. 그래서 한 가지 방법을 생각해냈다. 내 안에 그런 잔혹함이 있을 줄은 나도 몰랐다.

"복수할 거야……. 너희가 한 짓……, 나는 전부 다 아니까……."

새벽 두 시에 알람이 울리면 나는 종이컵 전화기를 벽에 대고 고3 오빠들의 집을 찾았다. 각자의 집 위치는 미리 숙지해둔 터라 쉽게 찾아낼 수 있었다. 내 능력은 내가 어떤 마음을 먹냐에 따라서 진화하는 듯했다.

"용서를 빌어……. 내가 복수할 거야……. 지켜보고 있다……."

반응은 바로 왔다. 잠결에 내 목소리를 들은 오빠들은 전부 겁을 집어먹고 다음 날부터 학교에 나오지 않았다. 학교를 그만둔다는 말은 사실인 것 같았다. B 오빠와 가까운 집에 사는 반 아이가 있었는데, 아무래도 귀신에 씐 것 같다는 말을 들었다고 한다. 나는 소리 죽여 웃었다. 잠에 취한 내 목소리를 귀신으로 착각한 모양이었다. 학교를 그만두다니, 조금 과했나 싶기도 했지만 그들이 진아에게 한 행동은 절대 용서받을 수 없는일이었다. 학교를 졸업한들 그들에게 좋은 미래가 기다리고 있을 것 같진 않았다.

노크 소리가 나더니 진아 어머니가 들어왔다.

"고맙구나. 이렇게 찾아와줘서."

나와 진아 사이에 수박이 담긴 쟁반을 놓으면서 어머니가 말했다. 어머니는 뭔가 할 말이 있는 듯 입을 열었지만, 이내 마음이 바뀌었는지 푸근한 미소를 지으며거실로 나갔다.

"나, 알고 있었어."

어머니가 나간 방문을 바라보면서 진아가 말했다.

"응?"

"네가 한 말이 무슨 말인지 알고 있었다고. 그, 재영오빠가 양아치라는 말."

"양아치라고는 안 했는데……."

"그거나, 그거나."

아무튼, 하고 진아는 허리를 꼿꼿이 세웠다.

"일부러 그런 거야. 뭔가 삐뚤어지고 싶다는 마음? 그런 거였나 봐. 말했지? 우리 집 엉망이라고. 엄마랑 아빠도 원래는 사이가 좋았는데 사정이 이렇게 되고부터는 허구한 날 싸우더라. 그게 답답해서 그랬는지도 몰라. 그 사람들이랑 어울리는 게 내 상황에 맞는 것 같기도 하고."

진아는 아주 먼 곳을 바라볼 때처럼 눈을 가늘게 떴다. 입은 웃고 있었지만 두 눈엔 아무런 감정이 담겨 있지 않았다.

나는 슬그머니 팔을 뻗어 진아의 손을 잡았다. 진아는 깜짝 놀란 얼굴을 했지만 이내 힘을 풀고 손가락에 깍지를 꼈다.

"괜찮아."

나는 말했다.

"다 지난 일인걸."

나는 쟁반에서 제일 큰 놈을 골라 한입 베어 물었다. 수박은 정말 달고 맛있었다.

6

"어때?"

진아가 기대에 가득 찬 눈빛으로 나를 바라봤다.

"음, 글쎄."

솔직한 감상을 털어놓자 진아의 눈썹이 찡그러졌다.

"왜 그런 반응이 나오지? 조회수 봐봐, 백만이 넘었어."

"요즘 조작 같은 게 많으니까."

"이런 게 한두 번이 아니니까 그렇지."

진아는 답답하다는 듯 다른 영상을 클릭해서 내게 보여줬다. 이번에도 휴대폰으로 찍은 듯한 영상이었다. 초등학생으로 보이는 남자아이 셋이서 삐쩍 마른 한 아이를 에워싸고 있었다. 따돌림당하는 아이는 상의를 탈의한 상태로 흙바닥에 납작 엎드린 자세였다. 서 있는 아이들은 모두 제각기 다른 모양의 장난감 총을 들고 있었다.

이곳은 운동장일까. 촬영하고 있는 애가 웃음을 터뜨리자 영상이 아래위로 흔들렸다. 발음이 부정확해서 뭐라고 하는지 알아듣기 힘들었다. 다만 무얼 하려는지는 대충 짐작이 갔다. 이들은 한 폐쇄국가의 사형집행 모습을 흉내 내고 있었다.

눈빛으로 신호를 주고받은 다음 총구를 겨냥하려는 순간, 그들은 일제히 하늘을 올려다보았다. 마치 머리 위에서 누군가가 부른 것처럼 보였다. 그러나 그것은 있을 수 없는 일이었다. 그들이 서 있는 장소가 운동장 한복판이었으니까.

"봐봐, 애들은 지금 그 소리를 들은 거야."

영상은 아이들이 혼비백산하며 뛰어가는 데서 끊겼다.

"바보들. 이 영상을 지네 SNS에 올리는 바람에 들통나버린 거야. 요즘 뉴스에서 난리잖아. 청소년 보호법 없애자고."

"음, 그렇다. 나도 찬성."

"중요한 건 그게 아니라고! 여기 들린 여자 목소리가 중요한 거지. 운동장에는 분명 얘네밖에 없었잖아. 너도 들었지? '그 애를 괴롭히지 마' 하는 목소리."

"그런 것 같기도 하고."

진아는 말이 안 통한다는 듯 고개를 절레절레 흔들었다.

"사람들은 이 목소리를 '데쓰 드로우즈'라고 부른대."

"데쓰 도로즈?"

"아니, 바보야! 데쓰 드, 로, 우, 즈. 단말마라는 뜻이야. 어딘가에서 억울하게 죽은 영혼이 자신과 같은 피해자가 나오지 않도록 도와주는 거래."

"그래……."

"뭐가 그래야! 전국에서 난리라니까? 사람들은 이 목소리가 학생이 아니었을까 하고 생각하고 있어. 왜냐면 이 목소리가 학생들을 상대로만 들리고 있거든. 꼭 학교폭력으로부터 보호하려는 것처럼 말이야."

그때 수업 종이 울렸다. 진아는 분하다는 얼굴로 '다음 시간에 말해줄게' 하며 제자리로 돌아갔다.

나는 그 뒷모습을 지켜보면서 필사적으로 입술을 오므렸다. 오므리지 않으면 웃음이 터져 나올 것 같았다. 뭐가 데쓰 드로우즈야! 뭐가 단말만데? 소리치고 싶어 목 언저리가 근질근질했다.

진아는 일주일 전부터 학교에 나오기 시작했다. 하지만 당당하던 예전 모습은 완전히 사라지고, 꼭 죄를 지은 사람처럼 어깨를 움츠리고 다녔다. 그럴 때일수록 내가 노력해야 했다. 먼저 다가가 말을 걸고, 별것 아닌 말에도 깔깔 웃어주었다. 무던히 노력한 끝에 진아는 조금씩 본래의 모습을 찾아가고 있었다. 아주 잠깐이었지만 나와 진아의 역할이 바뀐 것 같아서 조금 뿌듯하게 느껴졌다.

이제는 완전히 내 능력에 적응이 되었다. 조금 피곤한 감은 있지만, 최대치로 집중을 하면 저 멀리 제주도에서 들리는 소리까지 자각할 수 있게 되었다. 쉬는 시간 화장실에서, 학교를 마치고 돌아온 방 안에서, 나는 종이컵 전화기를 아무 벽에다 대고 소리를 듣는다. 그리고 뭔가에 겁을 먹고 불안해하는 목소리를 찾아다닌다. 그것은 주로 어린 학생들의 목소리였다. 나는 진아 같은 피해자가 두 번 다시 생기지 않길 바랐다.

사람들은 나를 '히어로'라고 부른다. 하지만 그건 틀린 말이다. 나는 겁 많고, 소심하고, 몰개성적인 여고생일 뿐이다. 두려우면서도 꿋꿋이 권력에 대항하던 진아야말로 진정한 의미에서 히어로라고 할 수 있다. 나는 여전히 진아의 강한 마음을 동경한다. 그 용감하고 당돌한 모습을 모방하고 싶다.

나는 약하다. 약하기 때문에 뒤로 숨어서 능력을 사용한다. 하지만 나도 언젠가 진아처럼 당당하게 나서길 원한다. 그렇게 되기 위해 매일매일 노력하고 있다.

「벽 너머의 소리」를 읽어주셔서 감사합니다.

사실 이 글을 쓰면서 몇 번이나 포기할까 생각했는지 모릅니다. 여리고, 호기심 많고, 갈팡질팡하는 사춘기 여고생의 마음을 내가 과연 잘 표현할 수 있을까 겁이 났던 모양입니다. 한 문장씩 완성할 때마다 머리털을 쥐어뜯던 기억이 납니다. 정말이지 울고 싶은 심정이었습니다.

결과론적인 얘기지만 『이달의 장르소설』에 선정되고 보니 그때 포기하지 않고 쓰길 참 잘했다는 생각이 듭니다. 지난 1년 6개월 동안 중간에 포기해버린 작품이 수도 없이 많은데, 그냥 꾹 참고 써볼걸, 하는 후회가 남습니다. 이제부터라도 잘하면 되는 걸까요?

문학은 잘 모르겠고, 앞으로도 재미있는 이야기를 만들기 위해 열심히 노력하겠습니다. 제 글을 읽어주셔서 다시 한번 감사드립니다.

플라이 플라이어

범유진

창비 신인문학상으로 작품 활동을 시작했다. 지은 책으로 『두메별, 꽃과 별의 이름을 가진 아이』, 『우리만의 편의점 레시피』, 『선샤인의 완벽한 죽음』, 『아홉수 가위』 등이 있으며, 함께 지은 책으로 『슈퍼 마이너리티 히어로』, 『열다섯, 그럴 나이』 등이 있다. 틈새에 쭈그려 앉아 밖을 보며 글을 쓴다.

할아버지. 할아버지는 아셨을까요. 할아버지가 숨을 거두기 직전 저에게 건넨 것이 무엇인지를. 모르셨을 겁니다. 할아버지가 플라이어였다면, 할아버지의 기억도 엉망진창이었겠지요. 이렇게 말하면 '난 암에 걸린 거지, 치매에 걸린 게 아니다 이놈아'라며 화를 내시려나요. 하지만 플라이어의 기억이 엉망인 건 사실인걸요. 그건 자물쇠가 채워진 서랍장 같은 거죠. 닥치는 대로 서랍에 밀어 넣고 억지로 잠가서, 겉으로 보기엔 정돈되어 보이지만 속은 엉망인 서랍장. 휘발성 기억 상실은 플라이어 모두가 겪은 후유증이었습니다. 정부는 아마도 잘 됐구나, 했을 겁니다. 그편이 암시를 걸어서 가짜 기억을 덧씌우기에 편했겠지요.

정부는 실패를 인정하려 하지 않았습니다. '플라이 프로젝트'는 처음부터 끝까지 다 실패였으니 프로젝트 자체를 인정하지 않은 셈입니다. 정부는 성급했습니다. 인공 웜홀의 생산 식을 발견했다는 흥분은 곧 광기로 변했습니다. 전문가들의 만류에도 불구하고, 정부는 큐비트 시험을 근거로 조정 밖 사람들은 어떤 피해도 받지 않을 것이라 호언장담하며 프로젝트를 밀어붙였습니다. 달

콤한 미래를 약속하며 국민의 인심을 얻으려 했던 그들
은 큐비트 시험이 뭔지 이해는 하고 있었을까요? 수많은
경우의 수를 염두에 두었을까요? 플라이어 모집 조건에
'무연고자'가 있던 이유는 무엇일까요? 그들은 플라이어
가 어떤 부작용을 겪을지 걱정은 했을까요?

그들은 '그럴 겨를이 없었다'고 답하겠죠. 그럴 만도
했습니다. 실업률은 42퍼센트에 육박했고, 데모의 물결
은 전국으로 퍼져 나가고 있었습니다. 그들에게 '플라
이 프로젝트'는 성난 국민을 달랠 수 있는 마지막 카드
였습니다. 그들은 국민에게 속삭였습니다. 타임리프를
통해 과거를 조정하면 우리나라가 빼앗기는 쪽이 아닌
빼앗는 쪽이 될 수 있다고. 두 번의 전쟁에서 패전국이
아닌 승전국의 편을 선택할 수도 있으니 지금과는 완전
히 다른 나라가 될 거라고. 여러분도 완벽한 복지 혜택
을 받는 넉넉한 국가의 국민이 될 수 있다고.

처음에는 코웃음 치던 사람들도 반복되는 언론의 보
도에 점차 세뇌되었고, 광기는 천천히 전국을 뒤덮었습
니다. 수천 마리의 반딧불이 내뿜는 불빛이 금빛 오오
라처럼 일렁이듯, 작은 기대들은 커다란 광기가 되었습
니다. 그 광기에서 한 발 떨어져 있던 것은 오히려 플라
이어로 지원한 백여 명의 사람들이 아니었을까요. 반딧

불이 만들어 낸 오오라는 밖에서 봐야 근사한 법입니다. 그 안으로 들어가면 벌레가 온몸에 달라붙어 숨조차 쉴 수 없게 되어버릴 뿐이죠.

그날 저는 병원에 있었습니다. 정확히는 병원 정문 앞에 서 있었죠. 제 손에는 담요와 책이 십여 권 든 쇼핑백이 들려 있었습니다. 정부가 '플라이 프로젝트'를 발표하던, 지워진 역사의 날에 저의 연인이 죽었습니다.

저와 연인은 아주 어릴 적부터 함께였습니다. 같은 날, 같은 시설의 문 앞에 버려져 함께 자랐고, 함께 그 시설을 나와 어른이 되었습니다. 제 연인은 손에 반달을 가진 사람이었습니다. 속손톱이 유독 봉긋 크게 솟아올라 있었죠. 손톱의 절반을 차지한 반달을 손가락 끝으로 쓰다듬으면 우둘투둘한 세로줄이 만져지곤 했습니다. 저는 그 감촉을 느낄 때마다 깨닫곤 했습니다. 내가 어른이 될 때까지 견딜 수 있었던 건, 오로지 연인이 곁에 있어서라는 것을.

그래서 저는, 그날 병원 앞에서 좀처럼 발길을 뗄 수가 없었습니다. 연인은 병원에 열흘간 입원을 했습니다. 손톱의 반달이 점점 커져서 연인을 집어삼켰습니다. 병원에서는 수술을 권했지만, 수술비는 저와 연인이 감당할 수 있는 금액이 아니었습니다. 저도 연인도 보험이 없었습니다. 보험사에 가입 신청을 한 적은 있지만 거절당했습니다. 어리고, 고정적인 직업과 자산이 없다는 게 이유였습니다. 그러려니 했습니다. 주변의 사람들 대부분이 보험 가입을 거절당했거든요. 보험은 있는 자의 것. 그게 이 나라에 사는 사람들의 상식이죠. 가입 신청을 한 것도 복권을 긁는 딱 그 정도의 감각으로 했던 것이기에, 거절 통보를 받았을 때도 크게 상심하지 않았습니다.

상심이라는 게 그거잖아요. 슬픔이나 걱정 따위로 속을 썩이는 거. 고작 보험 거절로 슬퍼하기엔 주변에 슬픈 일이 너무 많았습니다. 방을 나눠 쓰던 친구는 기계 벨트에 휘말려 들어가 목숨을 잃었습니다. 친구의 유품을 태우면서도 나와 연인은 상심하지 않았습니다. 옆방에 사는 할아버지가 어느 날 죽어 있는 것을 발견해 경찰에 신고했을 때 의심 어린 눈초리를 받으면서도 상심하지 않았고, 연인이 성희롱당한 뒤 가해자인 감독관의 얼굴을 때렸단 이유로 고소를 당했을 때도 상심하지 않았습니다. 익숙했습니다. 그 정도 슬픔과 걱정은 도처에 널린 인생이었기에 오히려 웬만한 일에는 내성을 가지게 되었습니다.

하지만 쓰러진 연인을 업고 병원에 간 날, 그냥 집에

가겠다는 연인을 억지로 입원시키고 혼자 집으로 돌아오던 날, 수술비를 마련해보려고 일했던 공장을 한 곳씩 찾아가보았던 날, 화장실에서 장기매매 스티커를 떼어내 주머니 안에 넣어 둔 것을 연인에게 들켜 호된 싸움을 한 날, 병원비를 선급하지 않으면 더 이상 진통제를 놔줄 수 없다는 통보를 받은 날, 입원비만으로 버거운 것이 현실임을 인정할 수밖에 없게 된 날, 연인의 얼굴에 흰 천이 덮이고 시신의 기증을 종용받은 날, 쫓겨나다시피 병원 문을 나선 날들 내내 저는 상심했습니다.

열흘. 연인은 병원에 딱 열흘 입원했습니다. 연인은 그 안에서 나오지 못하게 되었고, 저는 그 밖으로 쫓겨났습니다. 생과 죽음의 경계가 그토록 간단한 것인 줄은 몰랐습니다. 저는 어떻게든 안으로 들어가고 싶었습니다. 연인이 있는 병원 안으로, 죽음 안으로. 그게 안된다면 연인을 밖으로 *끄집어내* 오고 싶었습니다. 병원 밖으로, 생으로. 하지만 어느 쪽도, 어떻게 해야 할지 알수가 없었습니다. 그래서 저는 멍하니 병원 정문 앞에서 있다가, 담요를 깔고 앉았습니다. 담배를 피우러 나온 의사가 저를 봤습니다. 열흘간 오고 가며 얼굴을 익힌 사람이었습니다. 그는 담배를 피우는 동안 손에 든 휴대폰을 들여다보았고, 저는 그냥 하늘을 봤습니다.

"한 대 피우실래요?"

의사가 담배를 다 피우곤 저에게 묻더군요.

"괜찮습니다. 뭐 재미있는 거 있나요?"

"플라이 프로젝트 발표가 있었어요."

의사는 내게 휴대폰 화면을 보여줬습니다. 제 폰은 요금 미납으로 정지된 상태였습니다. 그 작은 액정 안에서 총리는 상기된 얼굴로 외치고 있었습니다. 과거를 조정해 우리의 현재를 되찾읍시다, 라고요. 화면 아래로 '플라이 프로젝트 지원자 공고, 지금 바로 확인하세요'라는 문구가 붉은 띠를 두르고 반복해 지나갔습니다.

"누가 하겠어요, 이런 프로젝트에 지원이라니. 듣기엔 좋아도 결국 아무 검증도 안 된 거잖아요. 인간 실험체 되는 거죠."

의사의 말은 귓바퀴를 빙 돌아 사라졌습니다. 총리의 외침만이 귀 안에 남았죠. 과거를 조정해서 현재를. 저는 자리에서 일어나 담요를 정리해 품에 안았습니다. 그리곤 버스를 타고 동사무소로 갔습니다. 거기선 공용 컴퓨터를 무료로 사용할 수 있거든요. 홈페이지에 들어가 신청서를 적고, 접수 버튼을 눌렀죠.

전파를 타고 날아간 글자들은 사흘 뒤, 한 통의 우편물이 되어 돌아왔습니다. 흘낏 봐도 관공서에서 보낸

것이 명백한 밋밋한 봉투 안에는 역시나 밋밋한 합격 통지서가 들어 있었습니다. 시간여행 티켓처럼 좀 근사하게 만들어서 보내주었으면 좋았을 텐데. 지원은 공개 모집으로 했으나 선발자에 대한 모든 것은 비공개로 진행된 '플라이 프로젝트'는 그렇게 시작되었습니다.

* * *

쉐브린 블랑은 19세기, 엄격한 귀족 집안의 딸로 태어났다. 그의 유년 시절에 대해 알려진 것은 많지 않다. 어려서부터 뛰어난 미모로 유명했다는 것, 그의 부모가 독실한 가톨릭 신자였다는 것, 부모가 그를 학교에 보내지 않았다는 것, 쉐브린의 어머니인 블랑 후작 부인이 매우 히스테릭했다는 것 정도만이 알려져 있다.

개인에 대한 기록이 발전해 있지 않던 때에 이 정도 기록이 남아 있는 것도 흔한 일은 아니다. 블랑 가문이 땅 한 점 소유하지 않은, 작위뿐인 후작이었던 점을 염두에 두면 더욱 그렇다. 이 기록의 원인은 블랑 후작 부인의 히스테릭함이 몇몇 사건을 일으켰기 때문이다. 공적 기록에 남아 있는 바에 의하면 후작 부인은 총 세 번의 법적 다툼을 벌였는데, 한 번은 잡역부가 급료 미지급을 항의한 것에 히스테리성 폭력을 행사한 것이었으며, 두 번은 드레스 가게의 요금 요청에 대한 트러블이었다.

블랑 가는 경제적으로 넉넉한 편이 아니었다. 마차를 소유하고 있지 않았고, 정원 관리를 제대로 하지 않아 구설에 오르기도 했다. 그 때문인지 후작 부인은 딸을 백작 가에 시집보내는 것에 유독 집착했던 듯하다. 반면 후작은 상단 대표와의 혼담을 염두에 두었는데, 이로 인해 부부간의 의견 충돌이 잦았다고 한다.

후작 부인은 종종 티파티를 열었는데 그에 대한 주변의 평판은 좋지 않았다.

"퀄리티 낮은 티에 음식. 정원은 엉망이고 후작 부인은 제대로 된 호스트가 아니었어요."

쉐브린은 열아홉 살에 사교계에 진출했는데, 이는 당시의 평균 연령보다 이 년쯤 늦은 것이다. 사람들은 쉐브린의 건강 문제가 이유가 아닐까 하고 추측했다. 쉐브린은 아름다웠으나 낯빛이 지나치게 창백하여 폐병 환자처럼 보일 때가 있었으며, 늘 긴 장갑을 끼고 다녔고 사람들과 눈을 제대로 마주치지 못했다. 신체적으로든 정신적으로든, 쉐브린은 어느 정도 취약함을 지니고 있었던 것으로 보인다.

그 취약함은 '쉐브린 사건'에 어떠한 작용을 했을까.
쉐브린 사건은 여러모로 이해하기 힘든 면이 있다.

* * *

형식적인 면접을 거쳐 '플라이 프로젝트'란 글씨가
새겨진 티셔츠를 입고 합숙 생활이 시작되었습니다. 산
속에 있던 폐교를 개조한 그 훈련소에 있던 백여 명의
사람들. 그들 중 누구의 얼굴도 잘 떠오르지 않습니다.
어그러진 기억 때문만은 아닙니다. 동사무소 한쪽에 서
서 신청서를 적던 때부터, 제 머릿속에는 오직 한 가지
생각뿐이었습니다.

과거에서 연인을 끌어와 현재에서 되찾는 것.

과거로 갈 수 있다면, 연인이 죽기 전으로도 갈 수 있
다는 뜻이 아닌가. '플라이 프로젝트'의 영상을 처음 봤
을 때부터 머릿속에 똬리를 튼 생각은 점차 모든 사고
를 점령했습니다. 훈련도 그 생각 하나로 버텼습니다.

약 육 개월간 이루어진 훈련은 고되었습니다. 플라이
어는 각 시대, 온갖 문화권에 맞게 행동하는 법과 세계
사와 지리와 화학을 배웠습니다. 언어 변환기를 자연스
럽게 사용하는 법도 배웠죠. 그때까지 공부라고는 해

본 적 없던 저는 머리가 터지는 줄 알았습니다. 그뿐인 가요. 사격술에, 미행술에, 처음 만져보는 온갖 도구의 사용법까지 익혀야 했습니다.

그중에서도 제일 어려웠던 건 '플라이 태그' 사용법 이었습니다. 플라이어는 태그에 적힌 식을 이해해야 했습니다. 식이 가리키는 위치를 찾아내야 돌아오는 터널 이 어디에 생성되는지 알 수 있거든요. 갈 때야 정부 쪽 에서 터널을 열지만, 돌아올 때는 그게 안 된다나요. 하지만 학자들이 몇십 년을 연구해 알아낸 식을 아무리 쉽게 풀어놓았다 한들 일반인들이 이해하기 쉬울 리가 없습니다. 아마 높으신 분들은 그래봤자 공식이니깐, 시험 볼 때 벼락치기로 공부하듯이 외우면 어떻게든 될 줄 알았나 봅니다. 되긴 됐습니다. 된 것처럼 보였죠. 훈련 기간이 끝나고 평가를 통과한 열세 명은 제시된 식을 척척 풀어냈습니다.

할아버지. 그때 거기에 계셨나요? 그때도 할아버지는 할아버지였나요? 플라이어 중에는 부작용으로 급격한 노화를 겪은 경우도 있다고 들었습니다. 어쩌면 할아버지는 저보다 어렸을지도 모릅니다. 저와 할아버지의 기억이 모두 온전했다면, 우리는 훈련소 이야기를 술안주 삼아 잔을 기울일 수 있었을 겁니다.

할아버지는 그때, 그 식을 정말 이해했나요? 전 아니었습니다. 대신 테스트에 나올 만한 모든 숫자를 미리 돌려본 뒤에 그 결괏값을 달달 외웠습니다. 교관에게 들키지 않게 컴퓨터실로 숨어드는 것이 무척 힘들었죠. 그런데 그거 아세요? 원래는 플라이어에게 휴대용 양자 계산기가 지급될 예정이었다고 합니다. 그럼 플라이어가 직접 식을 계산할 필요가 없었겠죠. 하지만 개발이 지체되었다고 하더군요. 혹은 개발을 중단했다는 말도 있습니다. 처음 예상했던 예산보다 훨씬 많은 개발비가 든다는 것을 이유로 말입니다. 이 나라 정치인들은 원래 그렇잖아요. 사람을 갈아 넣으면 어떻게든 된다! 한 세기 전, 전 세계가 팬데믹에 휩싸였을 때 총리가 '우리도 노력하고 있지만 한계가 있다, 국민들 각자가 노력해달라, 사람이 힘을 내면 못할 게 없다'라고 한 말은 아직까지도 전설로 언급되고 있습니다.

사람이 힘을 내는 것만으로 모든 게 가능하다면 얼마나 좋을까요. 그럼 저는 플라이어로 최종 선발되었던 때에 알아냈을 겁니다. 이 방법으로는 절대 연인의 죽음을 막을 수 없다는 것을 말입니다.

'플라이 프로젝트'는 플라이어가 터널을 통해 역사의 한 지점으로 타임리프를 한 뒤 '포인터'의 행동을 조정하는 방식입니다. 역사의 흐름을 이 나라에 유리하게 바꿀 수 있는 사람이 포인터가 됩니다. 플라이어는 포인터를 제거하거나, 설득하거나, 어떤 방법이든 써서 본래와는 다른 방향으로 사건의 흐름을 바꾸어냅니다. 이 경우, 과학자들이 가장 우려한 것은 나비효과였습니다. 나비의 날갯짓이 지구 반대편에선 태풍을 일으킬 수도 있다는 그것 말입니다. 과거의 한 지점이 변하면 미래 역시 변할 수 있는데, 그 경우 예측이 안 되기 때문에 포인터의 행동 변화가 오히려 현재를 악화시킬 수 있다는 것입니다.

하지만 '플라이 프로젝트'는 양자 터널을 통과해 플라이어가 과거에 머물 동안, 큐비트 거미줄을 조정해 포인트를 제외한 다른 '일어나야만 하는 사건'의 정보 값이 유지되도록 조정할 수 있다고 호언장담했습니다. 스크린 속에서 흘러나오는 설명을 들으며, 저는 고개를 끄덕였습니다. 그렇다면 내가 과거로 돌아가, 연인의 죽음을 막아도 세계가 멸망하지는 않겠구나 싶었죠. 설령 멸망한다고 해도 그만둘 생각은 없었지만요.

방법이야 간단할 터였습니다. 그때는 플라이어 계약 후 받은 돈이 넉넉했습니다. 과거로 돌아가서, 연인이 수술을 받게 하면 됩니다. 문제는 과거로 돌아가는 터널은 제가 열 수 없다는 것, 플라이 태그가 플라이어에게 업무 수행 때에 딱 한 장씩만 주어진다는 거였습니다. 하지만 임무가 계속되다 보면 한 번쯤은 연인을 구할 수 있는 시기로 가게 되지 않을까. 그렇게 행복 회로를 돌렸습니다.

그러나 앞선 플라이어가 비행을 마치고 돌아오면서 회로는 멈추기 시작했습니다.

'플라이 프로젝트'의 핵심은 한 '사람'이 바뀌면 역사가 변한다, 였습니다. 틀렸습니다. 사람이 변해도 역사는 변하지 않았습니다. 다섯 번째 플라이어까지, 앞선 모두가 미션에 성공하고 돌아왔음에도 이 나라의 현재는 무엇 하나 바뀌지 않았습니다. 과거의 총리가 승전국 쪽 참전을 결정하게 만들어도 결국 이 나라는 패전국 중 하나가 되었습니다. 서너 번의 비행이 더 이루어진 뒤에는 플라이어의 행동이 포인터의 수명에도 영향을 미치지 못한다는 것이 밝혀졌습니다. 과거에서 플라이어가 포인터를 암살하고 돌아와도, 포인터는 암살 날짜가 아닌 본래 사망했다고 기록된 날짜에 숨을 거두었습니다. 조정이고 뭐고 노골적으로 개입을 거부한 결과에 프로젝트 관계자들은 당황했습니다.

어느 날 저는 화장실을 가다가 연구원들의 대화를 들

었습니다. 그들의 목소리는 격양되어 있었습니다.

"프로젝트를 중단해야 합니다. 오늘 결과로 확실해졌어요. 우리는 무엇도 바꿀 수 없습니다. 기록된 것은 모두 그 기록대로 행해질 겁니다."

"헛소리하지 마. 기록도 결국 인간이 하는 거야. 이 세상에 불확실한 기록이 얼마나 많은데. 역사는 인간이 쌓아 올린 결과야."

"그게 오만하다는 겁니다."

"그럼 자네는 신이라도 있다는 건가? 어딘가에 아카식 레코드가 있어서 우리가 알지 못하는 절대 기록이라도 존재한다고? 과학자 중에도 그런 헛소리를 하는 사람이 있다고는 들었지만, 설마 그게 자네일 줄이야."

"……이오의 달 착륙 사건을 비웃었죠. 우리."

"이오가 왜? 거긴 이 행성의 베타 데이터 백업에 지나지 않아. 그 주제에 자신들이 주체성이라도 지닌 양 착각하고 지구니 뭐니 자기들 멋대로 이름까지 지어 부르는 건방진 것들."

이오의 달 착륙 사건을 모르는 사람은 없습니다. '이오, 달 정복한 듯이 구네'라는 말은 전 우주적으로 통용되는 빈정거림입니다. 우주 연합이 이오의 달 착륙을 예정보다 큰 스케일로 준비했던 것은 쇼가 필요했기 때문에, 라고 합니다. 저야 그 진위가 무엇인지 알 수가 없죠. 그때 저는 태어나지도 않았으니깐요. 하지만 그 쇼는 확실히 성공적이었다고 평해집니다. 당시 두 번째 전쟁을 끝내고 긴장감이 팽팽하던 전 우주가, 그야말로 한마음 한뜻으로 비웃었다고 하더라고요. 우리가 한 짓을 그대로 하고 있을 뿐인 것도 모르고! 저 바보들, 왜 저렇게 진지해? 어차피 이기는 쪽은 정해져 있다니깐, 이라 하면서 말입니다. 자신들의 과거를 반복하는 생명체를 보며 비웃는 것. 사람들은 이오의 간절함을 블랙코미디로 소모했습니다.

"이오가 우리 행성의 백업이라면, 우리도 어딘가의 백업일 가능성도 있는 거 아닌가요?"

"헛소리하지 마!"

저는 화장실에 가 다리가 저릴 때까지 앉아 있었습니다.

'정말 그렇다면.'

그렇다면 과거로 가 연인을 수술받게 해도, 결국 연인은 죽게 됩니다. 연인은 병원에서 죽었고, 그 죽음은 기록되었습니다. 만약 연인의 죽음이 기록되지 않았다면 조금은 희망이 있었을까요. 절대적인 기록이라는 것이 존재한다면, 그곳에 모든 사람의 죽음이 기록되어 있다면……. 그렇다면 대체 저는 어떻게 연인을 삶으로 끌어올 수 있는 걸까요. 저는 연인과 다시 생을 살아가고 싶다는 소원을 도저히 포기할 수 없었습니다.

포기하지 못한 건 정부도 마찬가지였습니다. 그들은 인정하지 않았습니다. 고작 사람 한 명이 역사를 움직이는 게 아님을. 인류의 역사는 이미 그 자체로 거대한 정보 값이고, 그 정보 값은 절대 변하지 않는다는 사실을 말입니다.

프로젝트는 계속되었습니다. 열세 번째 플라이어인 저는 예정대로 비행에 나가게 되었습니다. 정부는 더 많은 실험을 거치면 분명 유의미한 결과를 얻을 것이라며, 2차 플라이어 모집에 나섰습니다. 단 2차 모집은 대중에게 공개되지 않고 매우 은밀하게 이루어졌다고 알고 있습니다.

그것은 누군가에게는 비극이었으나, 저에게는 다행이었습니다. 그때 프로젝트가 중단되었다면 저는 영영 알지 못했을 겁니다.

소원을 이룰 방법을.

* * *

쉐브린 사건.

이 비극적인 사건의 시작은 23년 전, 블랑 후작의 사망에서 시작된 것으로 볼 수 있다. 블랑 후작의 사인은 매독 합병증으로 추측된다. 블랑 후작의 사망으로 후작 부인이 수령할 연금은 절반으로 줄어들었다.

후작 부인은 시골 귀족의 딸로, 결혼 당시에 이미 몰락한 집안이었으며 후원을 부탁할 친척도 없었던 듯하다. 후작 부인은 장례식 후 시가 친척들에게 편지를 보내 후원을 부탁했지만, 그 부탁을 들어준 이는 친척 동생이었던 네이슨뿐이었던 듯하다.

결국 후작 부인은 반년 후, 저택을 팔고 다운 스트리트 근처 맨션으로 이사했다. 방 두 칸짜리 맨션은 몰락한 귀족과 노동자 계급이 뒤엉켜 지내는 곳이었다. 후작 부인의 몰락을 동정한 주변 사람들은 후작 부인에게 몇몇 일자리를 소개했다. 남편을 잃은 귀족가의 부인들이 하는 일이란 정해져 있는 법이다. 의상실에서 다른 숙녀들을 위해 옷을 만들거나, 다른 귀족가의 하녀로 들어가는 것이다. 그러나 후작 부인은 모든 제의를 거절했다.

"쉐브린이 손질 안 된 드레스를 입고, 양 뺨을 붉힌 채 식료품점 앞에 서 있는 모습이 안쓰러웠죠."

"후작 부인은 모든 걸 쉐브린에게 시켰어요. 자기는

맨션 밖으로 한 발자국도 나오지 않았죠."

　맨션으로 이사한 후, 후작 부인의 히스테릭함과 망상은 그 정도를 더해갔다. 이는 블랑 후작의 친척이자 후작 부인의 유일한 후원자였던 네이슨 블랑이 그의 친구와 주고받은 편지를 통해서도 알 수 있다.

　네이슨 블랑은 당시 상당한 자산가로, 젊은 시절 귀족을 그만두겠다고 선언한 뒤 무역업에 뛰어든 사교계의 문제아였다. 후작 부인은 네이슨의 후원은 기꺼이 받았으나, 네이슨을 달갑게 여기진 않았다. 네이슨이 귀족의 품위를 해쳤다는 발언을 자주 한 것으로 보면 말이다.

　오힐. 들어봐. 얼마 전 내가 너에게 가여운 조카에 대해 말했지. 쉐브린 말이야. 사교계에 데뷔하자마자 아버지를 잃어 제대로 펴보지도 못한 가여운 꽃이지. 형수님과 조카가 맨션으로 이사를 했다는 것까지도 말했지? 그래. 그 사실을 뒤늦게 알고 가슴이 아팠지.

　어쨌든 블랑 후작은 젊었을 적 내게 잘해주었어. 가문 사람들 모두가 나를 망나니라고 부르던 때에도 날 사냥 대회에 부르곤 했지. 게다가 쉐브린은 매우 아름답단 말이네. 형수님과는 전혀 다른 아름다움이야. 오히려 쉐브린은 어릴 적 초상화에서 봤던 고모할머니를 닮았지. 그 초상화 속 여인은 어릴 적 내 첫사랑이었다네. 그래서 나는 그 애에게 좋은 혼처를 찾아주고 싶어. 그러나 아버지도 없고, 재산도 없고, 작위를 승계할 남자 형제도 없는 집안의 딸을 누가 데려가겠어. 그 모든 약점을 상쇄할 만큼 지참금을 가져갈 수 있는 것도 아니고.

다행히 내게는 신분은 없으나 풍족한 친구들이 많이 있지. 그리고 그들은 귀족 영애를 좋아해. 좋아하다 뿐인가. 어떻게든 결혼하고 싶어 하지. 원래 사람은 자기에게 없는 것을 욕심내게 되어 있는 법이니깐. 쉐브린의 사진을 보여주자 그들 중 몇몇은 지참금 따윈 한 푼도 필요 없고, 후작 부인에게 새 저택과 마차를 선물할 것은 물론 노후까지 모두 책임질 것을 맹세하더군.

나는 형수님에게 편지를 보냈어. 당연히 기뻐할 줄 알았지. 형수님은 나는 좋아하지 않지만, 돈은 좋아하니깐 말이야. 하지만 돌아온 답장은 황당한 것이었네. 어떻게 쉐브린을 작위도 없는 천한 상인과 결혼시키려 하냐는 거였어. 쉐브린의 미모라면 작위는 물론 재산도 넉넉한 집안에서 앞다투어 데려갈 거라나. 지금도 혼처가 몰려들고 있지만 완벽한 자리를 찾기 위해 쉐브린에게 엄격한 신부 수업을 시키고 있다는 거야. 혼처라니. 나도 다 알아보고 한 일이었어. 그런 곳은 단 한 곳도 없었다네! 형수님이 말한 '좋은 혼처'가 일흔 살 늙은이의 후처 자리를 뜻하는 게 아니라면 말이야.

형수님은 미쳤어. 그 더러운 맨션에서 한 발자국도 안 나오고, 저택을 판 돈을 야금야금 쓰면서 망상에만 빠져 지내고 있다고. 이대로 있다간 가여운 쉐브린의 운명이 어찌 될지 불보듯 뻔한 일이야. 그 아이의 미모가 천년만년을 가겠나? 쉐브린은 이미 스물두 살이야. 곧 있으면 결혼 적령기가 지나가버려. 꽃이 활짝 피기 전 팔 곳을 찾아야 하는 법이거늘, 어머니란 사람이 그 의무를 저버리고 있다니.

쉐브린, 그 아이도 문제가 있어. 청순한 것은 좋으나 그 아이도 좀 더 자신의 결혼에 적극적으로 나설 필요가 있어. 쉐브린은 파티에도 잘 참석하지 않고 티파티도 모두 거절한다더군. 종종 청년들이 눈길을 던져도 얼굴도 제대로 바라보지 않는 모양이야. 숫기가 없어도 너무 없지. 그 아이는 가끔, 너무 남자에게 관심이 없어 보이기도 해.

내가 어찌해야 할지 갈등하고 있네. 쉐브린을 돕고 싶지만, 내 자존심까지 굽혀가며 그래야 할지 모르겠군. 후작에 대한 의리를 어디까지 지켜야 할지 말이야. 확실한 건 누군가 블랑 후작 부인을 정신병원에 데려가야 한다는 거야.

후작의 죽음으로 인한 생활고. 그것은 쉐브린 사건의 분명한 시작점이다. 그러나 결정적인 방아쇠를 당긴 것은 '그 남자'의 출현이었다.

그 남자.

그 남자는 기묘했다.

* * *

할아버지. 할아버지는 전생을 믿으세요? 할아버지는
영혼이나 그런 이야기는 별로 안 좋아하셨죠. 몇 달 전
부터 인터넷에서는 '순간 오류 전생' 체험이 인기를 끌
고 있습니다. 이 행성도 '이오'처럼 다른 행성의 메타 백
업인고, 순환 중복 검사에서 나머지가 0이 아닌데도 버
려지지 않은 데이터가 전송되면서 다른 세기의 같은 값
을 가진 객체를 연결한다는 거죠. 이 때문에 순간 타임
리프를 한 듯 전생체험을 할 수 있다는 겁니다.

'행성 백업설'이 몇 년 사이에 이렇게나 퍼져서 또 다
른 유행까지 불러올 줄 누가 알았겠어요. 그들은 주장
합니다. 어차피 이오가 이 행성의 메타 백업용이라고
하지만, 그 원리를 아는 사람은 없지 않냐고. 그저 이 행
성이 블랙홀 흡수에서 빠져나온 후 관측된 이오에서,
흡수 이전의 행성 역사가 반복되고 있음을 알게 된 것
뿐이 아니냐고. 그렇다면 이 행성도 다른 행성의 백업

용일 수 있는 게 뭐가 이상하냐고.

그들은 이 행성이 어딘가의 백업이기를, 자신들의 인생이 이미 일어난 일의 반복이기를 바랐습니다. 내일 일어날 일도, 이미 어딘가에서 한 번 일어난 것이라 생각하면 안심이 된다나요. 정부는 이러한 주장을 전면으로 부인했습니다. '행성 백업설'을 주장하는 학자들에게 실형을 선고했고, 커뮤니티를 폐쇄했으며, 검색 금지어로 지정했죠. '플라이 프로젝트' 때에도 그랬지만, 그들은 금지하는 것으로 사람들의 흥미와 기억마저 지울 수 있다고 여기는 듯합니다.

전생체험을 위해서는 오류 코드와 태그가 필요합니다. 오류 코드를 계산해주는 사람들은 '코드 영매'라 불리는데, 그들 중 단연 인기가 있는 인물은 '솔라'입니다. 솔라가 파는 태그가 '플라이 프로젝트'에 쓰인 것과 매우 유사하다고 소문이 났기 때문입니다. 정부에서 개발한 것과 비슷한 성능이라면, 아무래도 조금은 더 믿음이 간다는 것이죠.

제 기억 말입니다. 꽉 잠겨 있던 서랍장이 열린 건 채열 장이 되지 않는 기사 때문이었습니다. 그때 저는 도서관에서 온갖 책을 뒤적이곤 했습니다. 할아버지가 병원에 입원한 후부터 불면증이 심해졌거든요. 무언가를 찾아야만 하는데, 찾지 못하고 있는 것만 같은 불안감에 무엇이든 해야만 했습니다. 의사는 가까운 사람을 잃을지도 모른다는 불안함 때문이라고 하더군요. 혹은 그런 것일 수도 있겠죠. 저의 서랍을 잠그고 있던 암시는 할아버지와 손주, 그 설정 안에서 제대로 작동할 수 있었던 겁니다. 할아버지의 죽음이 가져온 불안감이 그 암시를 역하게 만들었던 것은 아닐까요.

짧은 기사는 19세기의 '쉐브린 사건'을 다룬 것이었습니다. 쉐브린 블랑. 그 이름을 본 순간 저는 미칠 듯한 그리움을 느꼈습니다. 그 그리움은 자물쇠를 깨부수고, 억지로 밀어 넣어져 있던 기억을 끄집어냈습니다.

쉐브린을 만난 건 첫 비행 때였습니다. 처음이자 마지막 비행이었죠. 저는 19세기로 날아가 변호사 행세를 했습니다. 한 재판의 증거물을 없애, 포인터의 재판 결과를 조작하는 게 저의 미션이었죠. 일은 예상보다 훨씬 간단했습니다. 주어진 기간이 열흘이었는데 사흘 만에 미션이 끝났습니다. 저는 남은 일주일간 그곳에서 생활해보고자 마음먹었죠. 혹시 그곳에서 연인을 되찾을 힌트를 발견할 수도 있으니까요.

영화 세트장 같은 거리를 거니는데, 사람들과 자꾸만 눈이 마주쳤습니다. 옷차림도 그 시대에 맞추었고, 말투와 행동도 익혔는데도 말이죠. 과일가게에서 복숭아를 하나 샀는데, 가게 주인이 저에게 묻더군요.

"손님. 신사분이신가요?"

그제야 알았습니다. 사람들은 제가 남자인지 여자인지 궁금했던 겁니다. '양복을 입은 여자'란 것이 그들에겐 기묘한 존재였던 듯합니다. 하물며 그 여자가 옆구리에 신문을 끼고, 길거리에서 담배를 피우며 법원을 드나들었죠. 비행 전 세계에서는 별반 눈에 띄지 않는 것들이 비행으로 날아간 과거에서는 그렇게나 이상한 일이 되더군요.

저는 그냥 웃었습니다. 문제를 일으키고 싶지 않았거든요. 가게 주인은 제 웃음을 긍정의 뜻으로 받아들인 듯했습니다.

"신사분이 참 날씬하십니다. 요즘 아가씨들은 손님처럼 예쁜 남자를 좋아한다고 하더군요. 아주 인기가 많으시겠습니다."

세기와 문화가 달라도, 무례한 사람은 어디든 공통적으로 있더군요. 가게를 나오며 생각했죠. 이곳에 있는 동안은 남자로 지내야 마음이 편하겠다, 라고요. 집을 얻으러 가서는 그 생각에 확신을 가졌습니다. 여자는 공증인이 없으면 집 계약이 아예 불가능했습니다.

범유진

"그런데, 신사분이시죠?"

그곳에서도 제게 물었습니다. 역시나 웃었고, 제일 싼 맨션을 하나 빌렸습니다. 낡았지만 일주일 지내기엔 괜찮아 보이는 곳이었습니다.

맨션 안으로 들어가다가 안에서 나오는 사람과 어깨가 부딪혔습니다. 저보다 키가 작은 여자였죠. 저는 고개를 돌려 여자의 작고 둥그런 어깨를 봤습니다.

그때 저는 이미 알았습니다.

그리웠거든요. 정말, 어쩔 수도 없는 그리움이 그 어깨를 보자마자 몰려들었습니다. 쉐브린이 고개를 들어 저를 올려다봤습니다. 연인과 똑같은 얼굴.

그러나 많은 것이 다르기도 했습니다. 연인의 머리카락은 어두운 회색이었지만 쉐브린은 밝은 금발이었죠. 연인은 아랫입술이 얇았지만 쉐브린은 아니었죠. 연인은 둥근 얼굴형이었지만 쉐브린은 계란형 얼굴형을 가지고 있었습니다. 객관적으로 보면 연인과 쉐브린은 그다지 닮지 않았을지도 모릅니다. 그러나 제 눈에는 그 모든 것이 닮아 보였습니다. 무엇보다 저의 그리움이, 연인의 곁에 있어도 연인이 그리웠던 그 절절함이 증거였습니다.

"왜 우세요?"

쉐브린의 손가락이 제 뺨에 살짝 와 닿았습니다. 쉐브린의 손톱에는 흰 반달이 선명하게 떠올라 있었습니다. 저는 쉐브린의 손을 잡았습니다.

"당신을 보니 기뻐서요."

"저와 예전에 만난 적이 있나요?"

"아마도 먼 미래에, 제가 당신을 사랑했을 것 같네요."

"이상한 분이시네요."

쉐브린은 제게 잡힌 손을 빼지 않았습니다. 제가 쉐브린의 손톱을 어루만지는 동안, 쉐브린은 계속해서 제 눈을 바라보았습니다.

"……저도 이상하긴 하네요. 신사분이 무섭지 않다니."

"제가 신사로 보이나요?"

저는 잡고 있던 쉐브린의 손을 제 가슴 위에 대었습니다. 쉐브린은 웃었습니다.

저와 함께 한 일주일간, 쉐브린은 내내 웃어주었습니다. 어떤 시선이 쏟아지든, 어떤 말이 들려오든, 어떤 폭력이 가해지든 웃으며 굳건히 저의 옆에 머물러주었습니다.

돌아가고 싶지 않았습니다. 돌아가봤자 연인을 살릴 방법은 없습니다. 그러니 19세기, 낯선 이곳을 현재로 만들고 싶었습니다. 하지만 플라이어에게는 암시가 걸려 있었습니다. 지정된 날까지 복구해야 한다는 암시.
저는 가기 싫다고 울면서, 쉐브린의 손을 놓고 터널 안
으로 빨려 들어가야 했습니다.

기다릴게요.

쉐브린의 마지막 말이, 머릿속에서 메아리쳤습니다.
그 기사를 읽는 동안, 내내 메아리쳤습니다. 쉐브린 사
건에 대한 그 일방적인 기록을. 서랍 안에서 쏟아져 나
온 기억이 일으킨 두통보다 지독한 슬픔이 쉐브린의 목
소리와 함께 모든 것을 뒤덮었습니다.

영영 돌아오지 않는데도, 기다릴게요.

쉐브린은 약속을 지켰습니다.

* * *

그 남자는 어느 날 홀연히 나타났다. 그는 '악마같이
마르고 키만 껑충하게 큰' 사내였다. 그에게 맨션을 중
매했던 사람은 '여성인가 싶게 얼굴도 목소리도 곱상한
사내'였다고 말하기도 했다. 그에 대한 기록은 그것이
전부다. 출생지가 어디인지, 직업은 무엇인지, 작위는
있는지 등등 그의 신상에 대해서는 무엇 하나 알려진
것이 없다. 노숙자 한 명이 그가 맨홀 뚜껑 아래로 떨어

지는 것을 봤다고 증언했으나, 수사 결과 무엇도 발견되지 않았다.

쉐브린은 그 수상한 남자와 불같은 사랑에 빠졌다. 주변 남자들과 눈도 마주치지 않던 쉐브린이라고는 믿을 수 없는 정도였다. 쉐브린의 정숙함을 높게 평가했던 남자들은 배신감을 느꼈다고 증언했다. 그러나 가장 깊이 분노한 것은 쉐브린의 친모, 블랑 후작 부인이었다. 후작 부인은 딸이 타락했다며 소리를 질렀는데, 그 목소리가 맨션에 사는 모두에게 들릴 정도로 요란했다.

그때까지 맨션에서 꼼짝도 하지 않던 후작 부인은 활동적으로 변했다. 후작 부인은 쉐브린의 뒤를 쫓았고, 쉐브린이 건물을 나가지 못하게 막았으며, 경찰을 찾아가 남자가 쉐브린을 납치했다고 떼어내달라고 하소연했다. 후작 부인이 경찰에 허위신고를 한 횟수는 열세 번에 이른 것으로 기록되어 있다.

"부인은 퀭하지만 번뜩이는 눈빛으로 계단 아래를 노려봤어요. 완전히 미친 사람 같았다고요."

"아무리 어머니라고 해도, 후작 부인의 언행은 정도를 넘었어요. 분명 그 신사분이 수상하긴 했죠. 그렇다고 해도 후작 부인은 그 신사분이 사실은 여자라고 우기기까지 했어요. 그게 말이 되나요? 후작 부인은 딸을 감옥에 가두고 싶었던 거예요. 끔찍한 심술이죠."

후작 부인의 광기는 수상한 남자가 사라지면서 끝났다.

그 후에도 두어 달, 후작 부인과 쉐브린은 다툼을 벌였으나 가벼운 정도였다고 이웃들은 증언했다. 말다툼의 원인은 주로 쉐브린이 혼인을 거부했기 때문이었다.

석 달 뒤, 후작 부인은 쉐브린의 혼사가 이루어졌다며 맨션을 떠났다. 후작 부인은 당분간 외국을 오고 가며 생활하게 될 거라면서 맨션을 십 년 장기 임대했으나 그 후 한 번도 찾아오지 않았다. 주변 사람들 누구도 후작 부인과 쉐브린이 떠나는 것을 보지 못했고, 어디로 갔는지도 알지 못했다.

후작 부인의 광기는 사라진 것이 아니었다. 파묻혀 있었을 뿐이다. 그 후 20년이 지나, 맨션 재건축을 위해 건물을 허무는 중 한 구의 시신이 발견되었다. 시신은 방부제 처리되어 바싹 마른 반미라 상태였는데, 전문가들은 오랜 기간 벽 안에 파묻혀 자연 산화된 것이라 추정한다.

경찰은 시신이 후작 부인, 혹은 쉐브린의 것이라 추정한 뒤 수사에 나섰다. 후작 부인과 쉐브린 둘 모두 치과 기록이 없었기에 신원을 확정하는 것에는 결국 실패하였다. 그러나 맨션 임대료가 매년 블랑 후작 부인의 이름으로 부처져왔던 것, 시신의 옷이 쉐브린의 것이라는 점 등을 미루어 볼 때 쉐브린 본인임을 조심스럽게 추정해 볼 수 있다.

결국 경찰은 후작 부인이 쉐브린을 살해한 후, 벽에 암매장한 것으로 사건을 결론지었다. 경찰은 블랑 후작 부인에 대한 수배령을 발포했으나 그 후 한 건의 제보도 들어오지 않았다.

쉐브린 사건은 부모에 자식에 대한 과도한 집착 및 망상에 가까운 기대가 폭력으로 변하는 정신 상태를 일컫는 대명사가 되었다. 이것이 오늘날 '쉐브린 증후군'의 시초이다.

*　*　*

저는 어제 솔라에게 코드를 샀습니다. 거래를 하다가 물었죠. 혹시 열네 번째입니까? 라고. '플라이 프로젝트'에 참가한 플라이어가 총 몇 명이었는지는 공표되지 않았습니다. 특히 2차 모집 후, 단 한 번 실시되었던 비행과 열네 번째 플라이어에 대해 아는 것은 실험 당시 그 자리에 있던 단 한 명의 관리자와 열세 명의 플라이어뿐이었습니다. 몸이 반 토막 난 채 돌아온, 그럼에도 숨이 붙어 있던, 인간 아닌 생물이 되어버렸던 열네 번째 플라이어.

"열한 번째입니다."

솔라의 대답에, 저는 기억이 돌아온 플라이어가 저 이외에도 존재한다는 것을 확신했습니다.

"태그는 필요 없어요?"

"있어요."

"어떻게?"

"열네 번째 이전에, 첫 번째 플라이어에게 새 플라이 태그가 지급되었다는 소문이 있었죠."

"만났나요?"

"제가 그 사람의 장례를 치른 것 같아요."

"코드, 정부가 만든 것보다 불안정해요. 열네 번째처럼 될 수도 있어요. 내가 만든 태그라면 잠깐 전파수가 맞게 되는 것뿐이지만, 플라이 태그라면 아예 넘어가려는 거죠?"

"괜찮아요."

"이쪽에서 저쪽을 직접 오픈해 본 적 있어요?"

"없어요."

"그럼 주소나 연락처를 남겨줄래요?"

"왜요?"

"열네 번째처럼 되면, 찾아가서 처리해줄게요. 최소한의 의리로."

"고맙네요. 하지만 난 성공해도, 실패해도 돌아오지 않을 거예요."

"저쪽에 무언가 있군요."

"있어요."

"그래도 주소는 남겨요. 당신의 의지가 아니라, 튕겨 나올 수도 있으니깐."

"알았어요."

"행운을 빌어요."

저는 역사를 바꾸지 못합니다. 바꿀 생각도 없습니다. 기사에는 후작 부인의 죽음도, 쉐브린의 죽음도 기록되어 있지 않았습니다. '벽에 파묻혀 있던 여자의 시체가 있었다'는 것뿐.

모든 것이 계획대로 되기를 빌어주세요, 할아버지. 혹시 여기저기 떠돌다가 아카식 레코드를 발견하시면 한두 군데 정도 저에게 유리하게 고쳐주셔도 좋습니다. 인간은 불가능하겠지만, 귀신이라면 가능할 수도 있잖아요.

잘 안 될 수 있는 경우의 수는 무척 많습니다. 제가 무사히 저쪽으로 넘어갈 수 있을지부터가 문제입니다. 몸의 절반이 잘린 채 튕겨 나와도 솔라가 뒤처리를 해줄 거라는 게 그나마 마음의 위안이 됩니다.

저도 이 행성이 어딘가의 백업이기를 바랍니다. 그렇다면 이 행성에서 제가 실패해도 다른 행성의 저는 연인을, 쉐브린을 구할지도 모릅니다. 어디든, 어떻게든 저는 몇백 번이든 시간을 건너갈 겁니다. 연인과 함께 하루라도 더 생을 살아갈 수 있다면 무엇이든 할 수 있습니다.

부디 행운을.

이젠 비행의 시간입니다.

작가의 말

소설 속 '쉐브린 사건'은 19세기에 실제 일어났던 '블랑쉐 모니에르' 사건을 모티브로 하고 있습니다. 세세한 설정은 다릅니다. 모니에르 가문은 아버지가 대학 총장이었고, 꽤 부유한 집안이었으며, 블랑쉐는 외동딸이 아니었습니다. 그렇기에 소설보다 현실이 더욱 비극적입니다. 블랑쉐의 가족 중 누구도 블랑쉐를 구하려 하지 않았으니까요.

블랑쉐를 구한 것은 익명의 제보자였습니다. 25년간 방에 갇혀 있던 블랑쉐는 심한 영양실조와 정신이상으로 요양원에서 삶을 마감합니다. 구출된 지 12년 후의 일입니다. 가족 중 누구도, 블랑쉐를 감금한 죄로 처벌을 받지 않았습니다.

익명의 제보자는 누구였을까요. 어쩌면 그는 블랑쉐를 다른 방식으로 구하고 싶지는 않았을까요. 그런 생각이 꼬리를 물다가, 블랑쉐가 어딘가에서 꼭 행복해졌으면 하는 마음에 이 소설을 썼습니다. 그렇기에 소설 속에서 쉐브린은 블랑쉐가 아닌, 쉐브린으로 존재합니다. 쉐브린이 플라이어를 납치해서 역으로 미래의 연인을 만나러 간다는 설정도 생각을 했었는데 분량 문제로 이쪽을 택했습니다. 이쪽이라면 육십 대 할머니의 모험 이야기가 되었을 것 같네요. 이쪽이 설정은 좀 더 잘 살았을 것 같다는 후회가 살짝 남습니다.

　나중에 솔라의 관점에서 연작 형식으로 써보고 싶다는 생각을 해봅니다. 함께 해주신 모든 분들께 감사합니다.

미세한 문제

강혜림

2016 제주로케이션 활성화를 위한 중단편 시나리오 공모전에서 「러브 금심」으로 최우수상, 제7회 교보문고 스토리 공모전 단편소설 부문에서 「용옹기이」로 우수상을 받았다. 2020년 김유정 신인 문학상 소설 부문에서 「나의 레인보우샤크」가 당선됐고, 『문장웹진(2021.11)』에 「각자의 사정」이 수록됐다. 드라마 각색에도 참여하며 다양한 글쓰기를 하고 있다.

CCTV 확인 사유란에 아무것도 적지 못하고 있었다. 아내가 사라졌다, 고 적는다면 아내가 사라진 것을 내 탓으로 돌릴 것 같았다. D23이라는 뜻 모를 글이 찍힌 회색 점퍼를 입은 관리사무소 직원이 내게 은밀한 질문을 던졌다.

"확인 사유가 불륜 때문입니까?"

바람에 떨어지는 꽃잎을 잡는 것보다 더 쉬운 일이었을지도 모르는데, 나는 D23이 던진 말을 받지 못했다. 감히 누구한테 불륜 프레임을 뒤집어씌웁니까? 라며 화를 내거나, 그런 걸 확인하러 오는 사람도 있군요, 라고 대충 대꾸할 수 있었다. 지난밤 돌아오지 않은 아내 때문에 밤을 지새우느라 안타깝게도 내 뇌 상태는 최상이 아니었다. 그랬지만, 불륜이라는 단어를 듣는 순간 '율이 불륜을?'이라는 황당한 의심이 피곤한 뇌세포를 흐물흐물 깨웠다. 불륜을 의심할 만한 정황이 딱히 떠오르지 않았음에도 불구하고 율에 대한 나의 믿음은 가볍게 흔들렸다.

내 초조한 표정을 본 D23은 사유는 자기가 적을 테니 확인할 날짜와 시간대만 적으라고 했다. 나는 어제 율과 연락이 됐던 마지막 시간부터 내가 퇴근하고 집에 도착하기 전까지 시간을 적었다. 오후 3시부터 밤 10시 사이. '신속배달 만리향'이 새겨진 볼펜을 내려놓으며 D23을 재빠르게 훑어봤다. 육중한 몸과 달리 가늘고 긴 손가락, 굼뜬 움직임과 반대로 어딘지 모르게 느물거리는 가벼운 혀끝. 그런 D23이 CCTV 확인 사유를 적는다면 대충 '불륜 확인'이라고 적어버릴 것 같았다.

결국, 다시 볼펜을 잡고 CCTV를 확인하려는 심각한 사태를 적었다. 아내 실종.

D23은 서류를 보면서 중얼거렸다. 외박이네.

외박 아니라 실종입니다! 이렇게 단호하게 말하려고 했지만, 메마른 목에서 피시식 바람 꺼지는 소리만 힘없이 빠져나왔다.

D23은 내가 사는 동의 출입 현관과 지하 주차장의 CCTV 촬영 녹화 분을 순식간에 돌려봤다. 그의 정수리 가운데로 솟아오른 굳센 흰 머리카락 하나가 타인의 사생활을 감지하는 안테나처럼 보였다. 그는 영상을 자유자재로 잡아내며 넓고 단단한 어깨를 가볍게 들썩거렸고 콧노래까지 흥얼거렸다. D23이 부르는 가사가 의미심장하게 들렸다. 니가 왜 거기서 나와, 니가 왜 거기서 나와.

율은 나오지 않았다. 혹시나 해서 내가 출근한 이후 오전 시간부터 확인하고, 장소도 엘리베이터와 아파트 정문, 후문 출입구 CCTV까지 전부 살폈지만, 율의 모습은 발견되지 않았다. 그러니까 율은 우리가 사는 아파트 밖으로 나가지 않았다.

허탈해하며 관리사무소를 나오는데 손안의 휴대폰에서 짧은 멜로디가 흘렀다. 직장 후배 정현의 메시지였다. 괜찮으십니까?

보나 마나 부장이 연락해보라고 시켰을 거다. 부장에게는 아내가 아프다고 했다. 그러니 괜찮아졌으면 내일은 꼭 출근하라는 부장의 은근한 압력이 정현답지 않은 간결한 메시지에서 느껴졌다. 최근 조직축소 안에 따른 조직개편과 인사이동을 준비해야 했기에 바쁘기는 했다. 그래도 급히 휴가를 신청한 지 이제 겨우 한 시간 남짓 지났는데 벌써 이러니 짜증이 났다. 정현에게는 율하고 연락이 되지 않는다고 솔직하게 얘기했지만, 전자문서를 수시로 반려하는 부장에게는 그렇게 말하기가 싫었다. 어떤 사유든 꼬투리를 잡고 늘어질 것이 뻔했다. 정현에게 괜찮다는 뜻으로 'ㅇㅇ'이라도 보내려다 말았다. 사실 괜찮지 않았으니까.

오른쪽 옆구리 살이 미세하게 떨렸다. 혹시나 해서 재

킷 주머니에 넣고 나왔던 율의 휴대폰 진동이었다. 아내 동료 세정 씨였다.

"율! 줌(ZOOM) 왜 안 들어와?"

율의 회사는 팀을 나누어 격주로 재택근무를 했는데 율은 이번 주 재택근무였다. 나는 세정 씨에게 쓸데없는 인사는 생략하고 율이 사라져서 찾고 있다고 얘기했다. 세정 씨가 빠르게 율의 실종에 대해 육하원칙으로 묻고 있을 때, 인기척도 없이 나타난 D23이 내 어깨를 톡톡 두드렸다. 그의 긴 손가락이 가볍게 포물선을 그리며 나름대로 최선을 다해 소곤거렸다.

"혹시 추락?"

마스크 속에 숨은 D23 혓바닥에 뭐가 달렸는지 확인해보고 싶었는데, 내가 반사적으로 확인한 것은 아파트 화단이었다. 꽃 떨어진 키 작은 철쭉들과 관심도 없어 제대로 살펴본 적 없는 무성한 나무들 사이를 확인했다. 설마 하면서. 있을 리가 없었다. 그랬다면 벌써 누군가 발견했을 것이다. 아니, 율은 그렇게 떠나갈 사람이 아닌데 나는 거대한 D23의 말에 계속 흔들리고 있었다.

망설이며 경찰서로 찾아갔지만, 경찰은 아내 말고 찾아야 할 사람이 많았다. 괜히 호들갑 떠는 것처럼 보일까 봐 하루 더 아내를 기다려보기로 했다.

* * *

아내는 돌아오지 않았다.

율이 갈 만한 곳은 거의 다 찾아봤지만, 막상 연락할
만한 곳도 별로 없었다. 율의 유일한 핏줄인 오빠 가족
은 뉴질랜드로 이민을 떠난 지 오래였다. 율의 대학 친
구들은 내 친구들이기도 했다. 그들에게 율의 안부를
꺼내는 건 위험한 일이었다. 율의 소재를 묻다가 단서
라도 찾으면 좋겠지만, 오히려 양념 스토리가 더해져
기막힌 사연으로 둔갑해 이상하게 굴러갈 가능성을 배
제할 수 없었다. 이미 단톡방에서 몇 명은 그런 식으로
빠져나갔다. 그래서 대학 동기들은 패스. 또 누가 있을
까? 생각해봤지만 딱히 떠오르는 사람이 없었다. 활동
적이었던 아내의 인간관계는 결혼 후에 꽤 좁아져 있었
다. 나만 그런 줄 알았더니 그게 아니었다.

화가 났다가 실망했다가, 감정이 쉽게 요동쳐서 그래
프로 나타내면 등락 폭을 거듭하는 주가 그래프와 비슷
할 것 같았다. 그렇게 소모된 감정을 음식으로 채웠다.
율이 사라진 날 밤은 걱정과 기다림으로 버무린 프리

미엄 치킨을 먹으며 넷플릭스 찜 콘텐츠를 집중 못 한 채 눌러댔다. 7시 모닝콜 알람이 울리자 습관처럼 시리얼을 먹고 커피를 마셨다. 추가로, 율이 외박했다는 사실에 화가 나서 '나 홀로 휴가'를 계획하며 시원하게 모닝 맥주도 마셨다. 관리사무소를 들른 후 율을 찾으러 돌아다닐 때는 기운이 빠져서 햄버거를 먹었고, 집으로 돌아와서는 답답한 마음에 소주, 속 쓰릴까 봐 라면도 추가. 그리고 다시 찾아온 한밤중에는 군만두와 맥주. 싱크대에 쌓인 그릇들을 보니 참 많이도 먹었다.

율이 본다면 꽤 섭섭해할 것 같았다. 내가 사라졌는데도 밥이 잘 넘어갔구나.

만약 그렇게 나온다면 나도 할 말은 있었다. 기운이 있어야 너를 찾지. 게다가 D23이 얼마나 싸가지없이 말한 줄 알아? 대꾸라도 하려면 배가 두둑해야겠더라.

내가 생각해도 설득력 있었다. 긍정은 잠시였다. 아내가 사라졌는데도 먹고 싶은 것을 골라가며 배를 채운 내가, 어느 드라마나 영화 속 빌런과 같은 소시오패스가 아닐까 걱정됐다. 혼자 있으니 생각이 너무 많아졌다. 머리가 아닌 몸을 움직여야 했다. 설거지를 마치고 청소기를 들었다.

아내가 사라진 날, 거실 소파 앞에는 스탠드 무선 청

소기가 쓰러져 있었다. 얼마만큼 급한 일이었기에 청소기를 던져놓고 사라졌을까. 청소기 전원을 켰다. 강력한 터보엔진이 회전하며 먼지를 빨아들였다.

회전 톱날 같은 소음 속에 익숙한 외침 하나가 겹쳤다. 찬! 아내가 나를 부르는 소리였다. 청소기를 끄고 작은 집을 둘러보았다. 율이 나를 불렀는데, 율은 어디에도 없었다. 율이 사라진 지 겨우 이틀 만에 환청이 들리다니. 환시가 나타나지 않은 것은 그나마 다행이었다. 다시 청소기를 돌렸다.

"찬, 찬, 윤경찬!"

찬, 찬, 찬! 순간 콧노래가 흘러나왔다. 아버지가 술잔을 부딪치며 즐겨듣던 찬, 찬, 찬! 잠깐, 이게 아니다. 아내의 부재를 은근히 바랐던 남편처럼 오해 사기 딱 좋았다. 율, 미안해. 뭔지 모르게 미안해서 건넸던 낮은 사과는 청소기 소음에 묻혀버렸다. 대충 거실을 밀며 주방으로 이동했다.

"윤경찬! 소파 밑은 봤어?"

제법 큰 소리였다. 나는 재빨리 거실로 돌아와 소파 밑을 봤다. 율이 숨어 있기에 너무 얕고 좁은 그곳에는 먼지들만 무겁게 내려앉아 있었다. 하지만 확실히 율의 목소리였다. 율의 목소리를 자세히 듣기 위해 청소기 전원을 껐다. 율을 불렀지만 반응이 없었다. 소심하게 청소기 전원을 눌렀다.

"찬, 나 율이야. 청소기 안에 있어."

세상에는 믿을 수 없는 기이한 일들이 많다. 외계인이나 유령을 봤다는 목격담은 종종 있으니 그렇다 치자. 동물이 인간이 되고, 인간이 벌레가 되는 이야기도 익히 들어왔으니 그러려니 하자. 그런데 청소기에 산 사람이 들어갔다는 이야기는 들어본 적이 없다.

나는 '찬!'을 외치는 청소기 옆에서 핸드폰 검색창을 열어 이런 해괴한 일이 있는지 검색했고, '찬, 뭐 해?' 라는 소리에 배우자 실종에 따른 정신적 충격을 겪는 사례도 검색했다.

강력했던 '찬!'이 신음하며 '차—안'으로 바뀌면서 청소기가 꺼졌다. 율의 목소리도 잠잠해졌다. 나는 서둘러 청소기를 켜고 율을 불렀다. 아내는 대답하지 않았다. 방법을 바꿨다. '헤이'를 외치자 율보다 스피커가 먼저 반응했다. 헤이는 아니라서 '하이, 율!' 대답이 없자 서둘러 '오케이 율?' 소용없었다. 끝으로 떠오른 '안녕, 율?'도 해보았다.

청소기가 또 꺼졌다.

* * *

하루 휴가를 더 신청했다. 메시지가 왔다. 역시 정현
이었다. 부장이 사인 안 해준다고 갑질 중. 아직도 형수
님 못 찾았어?

이럴 때 대답은 어떻게 해야 할까? 청소기 전원을 켜
고 율에게 물었다. 대답은 위잉─키, 위잉─키, 위잉─키.
소리를 분리하면 키, 키, 키. 율은 그렇게 웃었다. 웃다
가 뭐라고 말을 할 찰나 청소기 전원이 꺼졌다. 이래서
율과 제대로 대화를 나눌 수가 없었다. 예를 들면 이런
식이었다.

"율, 네가 청소기야?"

"모르겠어. 갑자기 청소기 안으로 빨려들었어."

"꼭 전원을 켜야 말할 수 있어?"

"모르겠어. 에너지가 있어야 정신이 들어. 위잉─키,
위잉─키, 위잉─키."

"그게 웃겨?"

"웃겨. 청소기가 식인 기계라니. 위잉키, 위잉키, 위
잉키."

그게 끔찍한 일이 아니라 웃을 일인가 의문을 품는
짧은 시간이면 청소기는 꺼졌다. 다시 켜면 율은 울고

있었다.

"율, 울어?"

"모르겠어. 찬, 나 쓰레기야? 하찮은 먼지가 된 거야?"

이번엔 내가 말했다.

"모르겠어."

터보엔진으로 아내의 울음소리를 듣고 있으면 자연스레 귓구멍을 막았고, 말문도 막혔다. 그러다가 나도 같이 울면서 아무 말이나 했다.

"아니. 쓰레긴 나야."

으응— 하며 청소기는 꺼졌다. 먼지처럼 겉돌던 시끄러운 대화도 그렇게 끊겼다. 차라리 AI 스피커와 대화를 나누는 것이 더 나았다. 대화가 원활하지 않은 면은 비슷했지만 적어도 목은 아프지 않았다.

확실히 청소기에 문제가 있었다. 서비스센터에 가려고 청소기를 들고 나섰다. 현관문을 여는 것과 동시에 초인종이 울렸다. 문 앞에 서 있는 낯선 남자를 의심할 시간도 없이 남자는 자신을 소개했다. 그는 서비스센터에서 나온 엔지니어였다. 율이 재택근무 기간에 방문 서비스를 신청해놓은 것이다.

나는 엔지니어 앞에 율의 코트를 입힌 청소기를 조심스럽게 내려놓았다. 엔지니어의 뇌가 상황 파악을 하는지 두 눈을 빠르게 깜박거렸다. 나는 상황판단이 덜 된 엔지니어에게 하얀 면장갑을 건네주며 주의사항을 알렸다.

"청소기를 소중히 다뤄주세요."

엔지니어는 떨떠름한 표정으로 면장갑을 억지로 착용했고, 나는 미간에 줄을 세워 엔지니어를 빡빡하게 지켜봤다. 혹시라도 청소기를 거칠게 다루면 큰일이었다. 엔지니어는 내 눈치를 보며 진품명품 감정하듯 청소기를 살폈다. 사실 살펴보고 말고 할 게 없었다. 율이 이미 신청해놓았던 문제, 전원이 자꾸 꺼지는 증상은 배터리 방전일 가능성이 크다고 했다. 이제 겨우 3년밖에 안 됐는데 벌써 배터리 방전이라니. 엔지니어는 사람도 번 아웃에 걸리듯 기계도 비슷하다고 했다.

율도 번 아웃일까? 그래서 청소기로 숨은 것일까? 율은 그 이름도 이상한 〈무사이 프로젝트〉 때문에 휴일에도 일했다. 율은 프로젝트가 무사히 끝나면 멀리 휴가를 떠나자고 했지만, 세상은 우리의 여유를 허락하지 않았다. 자꾸 끝없이 변이되는 팬데믹이 아니었더라도 휴가는 실현되지 못했을 것이다. 9개월로 예정됐던 율의 프로젝트는 1년이 넘도록 끝나지 않았다. 프로젝트도 팬데믹처럼 계속 변형되고 수정되었다. 그럴 때마다 율은 눈 밑이 까매진 채 웃으며 말했다. 일이 다 그렇지 뭐, 문제없는 일이 어디 있겠어.

나는 엔지니어에게 청소기에 다른 문제는 없는지 물었다. 그는 특별한 문제는 없어 보이지만 정밀 진단을 원한다면 센터로 가지고 가서 분해하겠다고 했다. 분해? 분해라니. 나는 청소기를 끌어안고 '안 됩니다!'라고 외쳤다. 아내가 청소기로 변한 게 아니라 청소기 안으로 들어간 것인데도 분해는 쉽게 허락할 수 없었다.

엔지니어는 안면근육이 잘 발달한 사람이었다. 헤어라인에서부터 눈썹까지 의문의 곡선들이 파도타기를 했다. 심지어는 코에 걸쳐진 마스크도 요동쳤다. 그는 돌아간 뒤 동료들과 '청소기가 죽부인을 대체할 수 있는가'에 대해 논하거나, 고객 정보란에 '메탈 페티시'라는 특이 사항을 기록해놓을지도 모르겠다. D23과 또 다른 어색함이 감돌 때, 엔지니어는 준비해 온 새 배터리를 꺼냈다.

나는 청소기 전원 버튼을 누르고 꺼지기 전에 빠르게 속삭였다.

"율, 배터리 교체해도 괜찮겠어?"

순간 엔지니어의 작은 눈이 삼백안으로 변했고, 나는 씨익 웃었으며, 청소기는 저절로 꺼졌다. 엔지니어는 잠시 눈을 감았다가 떴다. 본래의 작은 눈으로 돌아온 엔지니어는 청소기 사용에 관한 몇 가지 주의사항과 관리방법을 알려주며 배터리 교체를 순식간에 끝냈다. 그리고 확인을 위해 전원 버튼을 눌렀다. 터보엔진이 강력하게 돌아갔고 아내도 '위잉—킥, 위잉—킥' 하며 호탕하게 웃었다. 이렇게 큰 소리라면 누구라도 들을 수 있을 것 같았다. 나도 모르게 엔지니어에게 청소기에서 나는 웃음소리를 들었냐고 물었다. 엔지니어는 카드단말기를 꺼내며 말했다.

"엔진소리가 웃음소리로 들리다니 다행입니다."

나는 청구된 비용 내용을 확인하며 카드를 단말기에 끼웠다. 그리고 굳이 묻지 않아도 될, 해결하지 못한 질문을 마지막으로 던졌다.

"혹시 청소기가 사람을 빨아들일 수도 있습니까?"

단말기에서 영수증이 찍, 찍, 찍, 빠져나왔다. 경고장처럼 영수증을 건네는 엔지니어 시선이 거실에 놓인 나와 아내 사진에서 빠져나왔다. 엔지니어는 서둘렀다. 허리를 굽혀 운동화를 신으며 집 안을 살피고 있는 것이 느껴졌다.

"왜요? 무슨 문제가 있는 겁니까?"

나는 궁금해서 물었다. 엔지니어의 도리질이 바람을

일으켰다. 한쪽 운동화는 구겨 신은 채 문을 열고 나가던 엔지니어가 멈칫거리며 대답 대신 중얼거렸다.

"혹시 문제가 있으시다면 원만히 해결하시기 바랍니다."

문제란 원만히 해결할 수 없기에 문제인 법이다.

* * *

청소기를 들고 회사로 출근했다. 정현에게 그간의 일을 간결하게 정리해서 말하고 싶었지만, 청소기 소음처럼 중구난방이었다. 정현은 내 말의 신빙성 판단 여부보다 내 정신을 먼저 감정해보려는 것 같았다. 둘 다 힘든 일이었다. 정현은 이미 뿜어버린 아이스커피 얼음을 와드득 와드득 씹었다. 그리고는 쭈뼛쭈뼛 솟은 머리를 꾹꾹 누르며 물었다.

"형, 문제 있어? 머리가 시큰거리나 쿡쿡 쑤시거나 그러지 않아?"

그래, 차라리 그렇게 물어봐주니 편했다. 나도 내가 문제가 있는 것은 아닌지 몇 번이나 확인했으니까.

바빴다. 내가 없어도 회사는 잘 돌아갔는데 일이 쌓이는 것은 막지 못했다. 다행히 시간은 빨리 흘러갔다. 6시가 되자 부장과 눈도 마주치지 않고 사무실을 나와

A 전자 연구소로 향했다. 정현의 소개였다.

청소기를 연구하는 백발의 김 박사는 정현의 이종사촌 형의 선배의 친구의 동생, 요약하자면 모르는 사람이었다. 그렇게 만나기 어려운 김 박사를 소개해준 정현이 고마웠다.

김 박사는 청소기를 켜고 작동 여부를 확인했다. 분해를 걱정했던 나는 안도하며 참았던 숨을 한꺼번에 내쉬었다. 율이 반응했다.

"찬, 어떻게 됐어? 내가 빨려 들어간 원인을 찾았어?"

나는 김 박사에게 아내와의 대화를 전했다. 정현에게 미리 얘기를 들었다던 김 박사의 날카로운 눈이 실처럼 가늘어졌다. 긴 목을 가로저으며 느리게 입을 열었다. 청소기 소리에 김 박사가 데크레셴도로 말하는 내용의 일부만 들렸다. 대화형 인터페이스는 가능한데…….

그 정도는 나도 안다. 문제는 청소기 안으로, 정황상 먼지 통 안으로 율이 들어갔다는 것이다. 김 박사는 청소기에는 별문제가 없다는, 출장 서비스를 왔던 엔지니어와 같은 말을 했고 이어서 더 진지한 얘기를 꺼냈다.

진공청소기의 성능은 흡입력의 정도와 필터의 조밀도에 달려 있다고 했다. 아내가 청소기 안에 들어가려면 사람을 빨아들일 정도로 흡입력이 강해야 했고, 인간이 먼지만큼 작아져야 했다. 그렇게 되려면 나와 율이 함께 본 영화 「앤트맨」처럼 인간의 크기를 변화시켜야 가능한 일이었다. 하지만 현재의 양자역학 이론으로는 불가능하다는 김 박사의 설명이 길어졌다. 아무리 집중해서 들어도 먼지처럼 사라질 어려운 물리 용어와 공식을 늘어놓았다.

그래도 이해할 수 있는 내용이 하나 있었는데, 딱히 듣기 좋은 소리는 아니었다. 쓰레기로 분류된 사람을 빨아들일 수 있다면 그것만큼 획기적인 청소기는 없을 것이라는, 율만 청소기 안에 없었다면 나도 충분히 동조했을 익숙하면서도 그럴싸한 그런 아이디어.

"율이 쓰레기라는 겁니까?"

김 박사의 설렘은 짧게 끝났고, 내 목적도 실패했다.

김 박사는 자신의 이론으로 해결할 수 없는 이 흥미진진한 문제에 관심을 보일 만한 또 다른 전문가를 소개했다. 김 박사가 내민 명함을 받았다.

김 박사는 우리 부부가 함께 상담받기를 권했다. 부부 사이에 어떤 문제 때문에 아내가 청소기 안으로 들어간 것이 아닐까 막연한 추측을 했다. 문제, 조금 더 자세하게 말하자면 부부 문제. 하지만 우리 사이에는 율이 청소기 안으로 들어갈 만큼 심각한 문제는 없었다.

김 박사가 진열된 다양한 청소기를 애정 가득한 눈길로 보며 말했다.

"필터가 걸러낼 수 있는 먼지의 크기가 작으면 작을수록 성능이 우수한 진공청소기지만, 그만큼 공기가 빠져나가는 것이 힘들어져 흡입력이 약해집니다. 그러니 아주 작은 미세한 것들이 일으킬 수 있는 큰 문제는 항상 존재하는 거죠."

어쨌든 어려울 정도로 똑똑한 김 박사가 고마웠다. 적어도 청소기 안에 율이 있다고 믿었으니 부부 상담을 권했을 테니까. 나를 배웅해주고 돌아가는 김 박사의 길고 마른 다리가 쭉쭉 뻗어갔다. 자신이 연구하는 길쭉한 청소기를 끼우고 걷는 것처럼 보였다.

일종의 착각. 그제야 내가 김 박사를 착각했다고 깨달았다. 김 박사는 날 상담 받게 하려고 청소기 안에 율이 있다고 믿어주는 척했을 텐데. 김 박사에게 배신당한 기분이었다.

울적해지자 청소기를 꼭 끌어안았다. 차가웠다. 너무나.

* * *

집으로 가기 전, 세정 씨를 만났다. 루이보스 티는 세

183

정 씨 앞에, 라떼는 내 앞에, 아이스커피는 청소기 앞에 내려놓았다. 세정 씨는 누가 더 오는지 물었다.

"아내 겁니다."

"율을 찾았군요!"

세정 씨는 회사에서 걱정을 많이 했다고 말했지만, 회사란 그렇게 인정이 넘치는 조직이 아니다. 아무리 율의 능력이 출중하다 하더라도 단 한 번의 문제만으로도 불량직원으로 낙인찍힐 수 있는 곳. 실종된 율보다 프로젝트 성공 여부가 먼저인 곳. 그런 곳이 나와 율이 사는 평범하고도 시끄러운 사회였다. 나는 청소기 전원을 눌렀다.

"율, 아이스커피 향이라도 맡아봐. 마시고 싶어 했잖아."

세정 씨가 양손으로 꽉 잡은 컵이 금방이라도 깨질 것 같았다. 율과 대화를 나누기 전에 세정 씨에게 사정부터 얘기했어야 했지만 요즘 내 순서는 늘 뒤죽박죽이었다.

율이 세정 씨 안부와 함께 〈무사이 프로젝트〉는 어떻게 되고 있는지 물었다. 나는 율이 진행하는 〈무사이 프로젝트〉에 대해 잘 알지 못했다. 그저 어떤 아홉 개 대상을 반복적으로 혼합하고 분리하고 있다는 것밖에. 그것이 조직개편과 그리 달리 보이지는 않았지만, 율은 혁신적인 일이라고 했다.

세정 씨는 〈무사이 프로젝트〉에 관해서 어떤 말도 하지 않았다. 부담스러울 정도로 나를 뚫어지게 보기만 했다. 그러다 세정 씨가 드디어 입을 열었다. 청소기 소리 때문에 잘 들리지 않았다.

"뭐라고요?"

내가 크게 묻자, 세정 씨도 큰 소리로 물었다. 강조하면서.

"괜찮은 거죠? 정, 말, 괜찮은 거 맞죠?"

직원이 다가왔다. 청소기를 꺼줄 것과 조용히 얘기해 달라고 요청하고 갔다. 그제야 카페에 많지 않은 사람들이 우리를 주목하고 있다는 것을 알았다. 재빨리 청소기 전원을 껐다. 세정 씨가 나를 지나치게 경계했다. 나는 주변의 눈치를 살피고, 아주 은밀한 목소리로 솔직하게 털어놓았다.

"못 믿겠지만, 청소기 안에 율이 있어요."

세정 씨는 숨도 내쉬지 않았다. 미동도 없이 눈동자만 굴리며 청소기와 나를 번갈아 바라봤다. 당연히 이해할 수 없겠지. 나는 아주 진지하게 율과 청소기의 관계에 관해 얘기했다. 그녀가 멍하니 생각을 정리하는 위로 익숙한 음악이 흘렀다. 율이 집에서 일할 때마다 틀어놓는 카페 노동요 중 한 곡이었다. 에릭 사티의 짐노페디 1번 「느리고 비통하게」. 그리 비통하게 느껴지지 않았던 그 곡을 듣고 있자니 괜히 눈물이 났다.

"정말 율이 청소기 안으로 들어갔어요?"

세정 씨의 물음에 나는 고개를 끄덕였다.

"율이 그냥 빨려 들어갔대요? 아니면 먼저 먼지로 변한 거예요?"

나는 율에게 들은 대로 대답했고, 세정 씨는 계속 질문만 했다. 풀리지 않는 의문을 고민하던 세정 씨 표정이 묘하게 일그러졌고 눈빛도 예리해졌다.

괜히 입안이 바짝 마르면서 긴장됐다. 세정 씨가 무슨 생각을 하고 있는지 느낌이 왔다. 사람이 청소기 안으로 들어갈 수 있는 경우. 태우고 곱게 부셔서 가루로 남은 재. 그것은 쉬운 일이 아니었지만 불가능한 일도 아니었다. 내 눈물마저 의심하던 세정 씨는 금방이라도 카페 문을 박차고 나가 경찰서로 향할 것 같았다. 나는 율을 찾을 때보다 더 열심히 세정 씨의 의심을 풀어주려 했다. 같은 말만 반복하는 내가 더 수상해 보일지라도.

세정 씨는 뜨거운 차를 단숨에 마시고 차갑게 말했다.

"율이 집에서 사라졌다면, 집에 문제가 있었겠죠."

"율이 그런 말을 하던가요? 문제가 있다고?"

강혜림

세정 씨는 보통 결혼 3년 차 부부에게 위기가 찾아오는 경우가 흔하다고 했다. 나는 식어버린 라떼와 얼음이 거의 다 녹은 아이스커피를 번갈아 마셨다.

"왜 우리 부부 문제라고 생각하십니까? 재택근무를 하다가 그렇게 됐으니까, 회사 문제일 수도 있잖아요."

세정 씨가 청소기를 뚫어지게 보며 몇 초간 생각하더니 자리에서 일어났다.

"경찬 씨한테만 율의 목소리가 들리잖아요."

그게 무슨 이유가 되냐고 묻고 싶었지만, 세정 씨는 벌써 걷고 있었다. 내가 집까지 태워다주겠다고 해도 그녀는 세차게 고개를 내저었다. 빠르게 걷던 세정 씨가 멈췄다. 근처에 지구대가 있었다. 세정 씨는 청소기를 꼭 껴안은 나를 보더니 택시를 잡아타고 사라졌다.

여기까지 듣고 율은 웃었다.

"진짜 널 살인자라고 생각했어?"

"아마도. 그 눈빛에 소름이 쫙 돋더라. 나중에는 날 미친 사람처럼 보고."

"위잉―키, 위잉―키. 앞으로 내가 청소기 안에 있다고 말하지 마."

"싫다. 그건 나도 널 부정하는 거나 마찬가지야."

율은 무슨 생각을 하는지 대꾸하지 않았다. 평소처럼

율은 침묵했지만 소용없었다.

한밤중에 돌아가는 청소기 소리는 정말 시끄러웠다. 나는 평소와 달리 율에게 계속 물었다. 넌 왜 빨려 들어갔을까? 뭐라고? 왜 하필 청소기였을까? 잘 안 들려.

"씨, 왜 청소기가 널 먹었냐고!"

"나한테 화났어? 왜 소리를 질러?"

"내가 언제 소리를 질렀어? 너, 나랑 얘기하기 싫어?"

"네가 나랑 얘기하기 싫은 거 아냐? 그게 너잖아!"

"뭐래? 너야말로 혼자 있어서 좋냐? 거기서 나오고 싶기는 한 거야?"

"내가 나오지 말았으면 좋겠어?"

아니다. 아닌데. 인터폰이 울렸다. 경비실이었다. 민원이 들어왔으니 조용히 해달라는 주의였다. 청소기를 껐다.

율이 보고 싶었다. 분명 율이 곁에 있는데도 율이 보고 싶었다. 청소기를 켰다. 하지만 진심과 달리 못되게 굴었다. 소리 지르지 마. 바로 청소기를 껐다. 그리고 켰다. 숨은 건 너야, 라고 말하고 율이 대꾸하기 전에 재빨리 껐다. 다시 켜서, 나도 힘들어, 하고 껐다.

막막한 어둠에 쓸쓸해졌다.

* * *

　병가를 내고 오새마 상담사를 찾았다. 김 박사에게 미리 연락받았다는 오 상담사는 나와 청소기를 환영했다. 내가 오 상담사에게 김 박사와 어떤 사이냐고 묻자 군더더기 하나 없이 짧게 전남편이라고 말했다.

　오 상담사에게 정현과 김 박사와 세정 씨에게 했던, 청소기로 들어간 율의 이야기를 가장 짧고 깔끔하게 전했다. 오 상담사는 율과 인사를 나누고 싶다고 했다. 나는 이상하게 기쁘지 않았다. 정말 내 얘기를 믿는 것일까?

　상담실 안에는 신비로운 음악이 흘러나왔고 아로마 향이 몸을 나른하게 했다. 창문 밖 테라스에는 잘 꾸며진 대나무 숲이 미풍에 흔들리고 있었다. 청소기를 켠다면 이 평온한 순간이 깨지는 것이었다. 그렇게 갑자기, 내 무난한 삶도 진공청소기 안으로 빨려 들어간 것 같았다. 청소기에서 율의 목소리가 들리던 며칠 동안 나의 평온이, 내 신뢰가, 내 정신이 빙빙 돌았다. 정말 청소기 안에 율이 있기는 한 것일까?

　문제였다. 오 상담사가 청소기 속 율의 존재를 인정하자 나에 대해, 율의 존재에 대해 의심이 들었다는 게 문제였다. 율은 먼지로 사라진 것이 맞는 것일까? 아니, 나는 율과 결혼하기는 한 것일까? 애초에 율이 있기는 했던 것일까? 나는 누구일까? 내가 먼지가 아닐까? 완벽한 진공을 찾다가 불완전한 진공 속으로 빨려든 먼지. 그렇다면 내가 있는 이곳이 청소기 안일까? 내가 사는 세계가 진공청소기 안이고 청소기 안이 밖이라면……

확인하고 싶었다. 청소기 전원을 눌렀다.

찬!

율의 목소리였다. 잠깐이지만 율의 존재를 의심했던 나를 자책하며 청소기를 쓰다듬었다.

"율, 상담사님한테 뭐든 얘기해."

"무슨 얘기를 해?"

"아무 얘기나. 심연에 감춰진 문제를 털어내야 밖으로 나올 수 있을 것 같아."

오 상담사의 눈은 청소기가 아닌 나를 봤다. 나부터 먼저 말해도 된다고.

상담 시간은 금방 끝났다. 상담사는 다음 시간을 잡아주면서 청소기와 잠시 떨어져 각자에 대해 생각해보라고 권했다. 분명 서로가 생각하지 못했던 미세한 문제가 있을지 모른다며.

청소기 속 나의 미세한 먼지와 우리의 미세한 문제.

그 둘의 상관관계를 생각하며 밖을 떠돌다가 답답한 속만큼 어둑해진 뒤에야 집으로 돌아왔다. 침대 위에 청소기를 눕혀놓고 전원을 켰다. 나도 누웠다가 청소기 속으로 빨려 들어갈 것만 같아 일어났다.

소주와 소주잔을 들고 왔다. 청소기 앞에 소주잔을 내려놓다가 치웠다. 율이 죽은 것도 아닌데. 평소처럼 나 혼자 소주를 마셨다.

"율, 사람들은 왜 자꾸 우리에게 문제가 있다고 하는 걸까?"

"우리가 문제가 있기를 바라는 게 아닐까?"

"문제가 있는 게 당연한 걸까?"

"당연히?"

"응. 문제가 없는 사람은 없으니까."

"그래? 그럼 문제라고 생각 안 했던 것들이 전부 문제일 수 있겠네?"

나는 율을 위로하는 대신 소주를 마셨다.

"찬…… 답답해."

내가 답답하다는 것인지, 청소기 안이 답답하다는 것인지 헷갈렸다. 율은 그 말을 끝으로 조용해졌다. 오로지 청소기만 요란했다. 이러다가 율이 청소기 안에 평생 갇혀 살까 봐 불안했다. 영원히 해결할 수 없는 문제

191

가 아니길 바랐다.

"율! 이제부터 진짜 문제를 만들까? 우리만의 문제를 만들어서 상담받자."

율은 대답하지 않았다. 말하지 않아도 알았다. 이미, 우리에게는 미세한 문제가 많았다. 나는 휴대전화만 만지작거렸다. 메시지가 와 있었다.

"세정 씨가 용한 무당 연락처 알려줬어. 거기 가볼까?"

청소기 전원이 꺼졌다. 나는 청소기 배터리를 충전하며 소주 몇 병을 비우고 잠이 들었다.

난 필터가 되었다. 먼지가 된 율이 빠져나갈 수 없을 만큼 견고한 청소기 필터가 되어 끊임없이 재채기하는 꿈을 꿨다. 눈을 뜨자 목이 칼칼해서 목소리가 제대로 나오지 않았다. 유…유…르…….

* * *

청소기 소리가 들렸다. 환청인 줄 알았다. 하지만 청소기가 보이지 않았다.

율? 나는 침대에서 뛰어나왔다. 휘청거리며 한 번 넘어지고 나서야 거실로 나올 수 있었다.

율이 청소기를 돌리고 있었다. 큐우—울! 기뻤지만

내 목소리는 갈라졌다. 그녀가 돌아섰다. 빛났던 율은 역광 속에서 까맣게 말라 있었다. 청소기 안에서 너무 삭아버렸구나. 나는 주저앉아 갓 태어난 아기보다 더 성나게 울었다.

쯧쯧, 미친놈. 율과 다른 목소리가 들렸다. 귓구멍을 후비고 눈곱이 낀 눈을 몇 번이나 비볐다. 아버지였다. 머리를 꽁지로 묶은 아버지가 앞치마를 두르고 청소기를 잡고 있었다. 어떻게 아버지를 율로 착각할 수 있지? 숙취가 가시지 않은 것만은 분명했다.

아버지는 긴급 연락을 한 정현을 칭찬했다. 휴대전화를 확인하니 부재중 통화가 수없이 찍혀 있었다. 오후 1시가 넘었다. 이렇게까지 잠에 빠진 경우가 없었는데. 정현에게 가끔 펜션 1박 무료 이용권을 주던 아버지는 이 일로 연간 무료 이용권을 줄지도 모르겠다. 어차피 객실도 남아도는 펜션이었다.

아버지는 내가 단순히 숙취로 출근하지 못했다는 사실에 안심했고, 다시 숙취로 출근하지 못한 나를 보고 꽤 한심해했다.

"꼴좋다. 누가 문제냐? 너냐, 유리냐?"

그 소리가 그렇게 선명하게 들릴 수 없었다.

"아버지, 유리가 아니라 율이라고."

"그래, 유리!"

말해도 소용없었다. 나는 아버지 손에서 청소기를 빼며 말을 돌렸다.

"엄마는?"

"펜션은 누가 지키냐?"

기회를 잡은 아버지는 다시 말을 이었다.

"이러다 회사 잘리면 이 집 대출금은 어쩔 거냐? 살 방도가 있어?"

"걱정 마세요. 펜션으로 안 들어갈 테니까."

재빨리 청소기 전원을 켰다. 아버지 목소리가 아니라 율 목소리가 듣고 싶었다. 청소기를 밀면서 안방으로 들어갔다. 여러 번 율을 불렀다. 위잉, 위잉, 위잉. 소음에서 분리될 율의 목소리는 없었다. 율이 일부러 나와 대화를 거부하고 있다는 생각만 들었다. 먼지 통을 두드리며 크게 외쳤다.

"율! 조율!"

나타난 사람은 율이 아니었다. 아버지가 다가오며 소리쳤다.

"먼지 통이 그렇게 꽉 찼으면 버려야지. 애들이 영 게을러서."

그리고 보니 먼지 통이 텅 비었다. 아버지가 나를 보

강혜림

고 정신 좀 차리라고 하면서 청소기를 껐다.

덕분에 정신을 차렸다. 먼지를 찾아야 했다. 나는 아
버지에게 왜 항상 멋대로 하느냐고 소리치며 밖으로 뛰
어나갔다. 뒤통수에서 아버지의 레퍼토리가 들렸다. 쯧
쯧, 저밖에 모르는 새끼.

나는 아파트 쓰레기통을 뒤졌다. 청소기 배터리 교체
후 받았던 영수증으로 아버지가 버린 쓰레기봉투를 확
인했다. 그 안에 먼지만 담긴 검은 비닐봉지도 찾았다.
무작정 먼지 덩어리를 꺼냈다.

"율!"

"찬?"

바람이 불고 있다는 것을 느꼈을 때는 이미 손가락 사
이로 먼지 일부가 날아간 뒤였다. 나는 허공에 뜬 먼지
를 잡으려고 애쓰며 율의 목소리 주변을 뱅뱅 돌았다.

"찬! 정말 날아갈 것 같아."

"바보야, 너 날아가고 있잖아. 이렇게 날아가고 있잖아!"

어디선가 공구함을 든 D23이 나타나 내 앞에 떠도는
먼지를 자신의 큰 손바닥으로 휘휘 내저었다. 센 바람
이 일자 콧속이 근질거렸다. D23을 향해 안 돼, 라고 말
하려고 했는데 그보다 먼저 참을 수 없이 터져 나왔다.
에—취!

한참 동안 재채기를 멈출 수가 없었다. 율, 하고 에취. 거기 있어? 물으며 에취, 에취. 마지막 재채기를 끝냈을 때 율의 목소리가 희미하게 들려왔다.

"찬, 문제는……"

끝이었다. 더 이상 들리지 않았다. 나는 율의 목소리가 울려 퍼지던 허공을 멍하니 지켜봤다.

D23이 내게 휴지를 건네며 아내를 찾았는지 조심스럽게 물었다. 나는 눈물을 글썽이며 손가락으로 허공을 가리켰다. D23이 아, 하고 고개를 숙이며 조의를 표했다.

"모두 그렇게 떠나죠. 좋은 곳으로 가셨을 겁니다."

엄숙하게 떠나는 D23을 붙잡고 진실을 얘기하고 싶었다.

"아니, 아니요. 아내는, 아내는……."

어차피 끝맺지 못할 이야기였다.

율은 미세한 먼지가 되어 가볍게 떠나버렸고, 나는 텅 빈 마음을 주체하지 못해 쓰레기통 앞에 무겁게 주저앉았다.

환청으로라도 율의 목소리가 들리길 바랐지만, 아무것도 들리지 않았다. 이제 내게는 영영 풀지 못할 미세한 문제만 남았다.

강혜림

몇 해 전, 오래된 진공청소기를 돌릴 때마다 들리는 이상한 소리에 기분이 오싹해진 적이 있습니다. 청소기가 제 이름을 부르고 있는 것 같았거든요. 주변에는 아무도 없었는데 말입니다. 그렇게 청소기가 소리를 낼 때면 수십 초도 되지 않아 전원이 꺼지곤 했습니다. 오싹해지는 두려움을 지우기 위해서 청소기가 왜 그런 것인지 원인을 찾고 싶었습니다. 청소기 전원을 켜고 오롯이 앉아 귀를 기울이며⋯⋯. 그렇게 이 소설이 시작됐습니다. 어쩌면 공포스러운 이야기가 됐을지도 모르겠습니다.

문제의 원인을 찾아 배터리를 교체하고 먼지통과 미세먼지가 달라붙은 필터를 청소하면서, 일상의 먼지처럼 미세한 것이 일으킨 미세하지 않은 문제를 무겁지 않게 그려보고 싶었습니다. 진행하면서 율을 다시 돌아오게 할까, 잠시 고민하기도 했습니다. 결국, 현재처럼 찬에게 미세한 문제로 남겨두기로 했습니다.

폴더 속 글을 선보일 수 있게 되어 기쁘면서도 읽으시는 분들이 어떻게 느끼실지 걱정이 앞섭니다. 글을 읽는 동안 조금이라도 재미있는 시간이 되셨으면 합니다. 감사합니다.

쓸모 있는 것들

강민지

대학에서 영화 연출을 전공했다. 소설, 영화, 드라마 등 여러 매체를 넘나들며 다양하고 재미있는 이야기를 쓰는 것이 목표다.

8월의 마지막 날. 뜨거운 햇볕이 내리쬐는 오후. 동구청역 1번 출구 앞.

지금 나는 서른 살이나 먹고서 그늘막 아래에서 일흔 살 할머니 두 분과 한창 대치하는 중이다. 우리 셋은 오후 내내 각자 다른 업체의 홍보 전단지 뭉치를 들고 눈치싸움을 벌였고, 그 덕분에 안 그래도 찜통 같던 공기가 더 후덥지근하게 느껴졌다.

위잉, 에스컬레이터가 작동하자 우리는 반사적으로 지하철역 입구를 향해 몸을 날렸다. 할머니들보다 한참 젊은 내가 쏜살같은 움직임으로 에스컬레이터에서 가장 가까운 자리를 선점했고, 내 뒤로 김 씨 할머니, 이 씨 할머니 순으로 자리를 잡고 섰다. 명당자리를 놓친 할머니들이 한숨 푹푹 쉬며 '아이고 아이고' 앓는 소리를 내면서 눈치를 줬지만 나는 할머니들에게는 눈길조차 주지 않았다.

일일이 세진 않더라도, 사람들에게 동시에 전단지를 건넸을 때 누구의 전단지를 받아 가는지는 우리 사이에서 엄연한 경쟁이자 실적 싸움이었고, 자존심 대결이었다. 에스컬레이터를 타고 올라오는 사람들에게 반으로 접은 전단지를 건네자, 역시나 열에 일곱은 가장 맨 앞에 서 있는 내 전단지만 받고, 할머니들의 전단지는 그냥 패스하고 지나치기 일쑤였다.

"젊은 게 우리 일까지 뺐을라카노. 만다꼬 여까지 와가꼬, 쯧."

내 뒤에 서 있던 김 씨 할머니가 일부러 들으라는 듯, 카랑카랑한 목소리로 투덜거리기 시작했다.

"아이참, 왜 그래? 돈 버는 데 젊은 거, 늙은 거 따로 있어?"

이 씨 할머니가 내 눈치를 보며 슬쩍 말려도 김 씨 할머니는 눈을 흘기며 계속 궁시렁거렸다. 내가 제 발 저려 먼저 자리를 옮기는 걸 노렸나 보지만 난 옮길 생각이 없다. 여기 1번 출구만큼 유동인구가 많고, 사람들이 잘 받아주는 데가 없거든. 전단지 한 장당 오십 원. 오백 장 채우면 이만오천 원. 반나절 일해도 토익 접수비 절반밖에 안 되는데 자리 옮길 시간이 어딨어? 한 장이라도 더 부지런히 나눠줘야지.

하필 뺨을 타고 주르륵 흘러내린 땀방울이 전단지 위로 툭 떨어지면서 '최대 규모! 여성 전용 헬스장 오픈 기념! 반값 세일!' 문구 위로 착륙해, '헬스장'을 그냥 '헬'로 만들고 말았다. 나는 서둘러 손등으로 얼굴의 땀을 훔쳐 닦고, 글자가 번진 전단지를 맨 뒷장으로 넘겼다. 여름이 끝나가는데도 날씨는 아직 헬이다. 헬조선이란 말이 괜히 나온 게 아니라니까.

"아니, 김 차장 그 개새끼가 장난친 거라니까! 우릴 하청이라고 좆같이 보고 무시한 거지!"

이마에 주름이 생길 정도로 인상을 팍 쓰고, 주변에 불쾌감을 줄 정도로 큰 소리로 통화하면서 올라오는 한 아저씨가 보였다. 어차피 안 받아줄 것 같기에 일부러 전단지를 건네지 않았는데, 그대로 지나가나 싶더니 갑자기 전화까지 끊고 되돌아와서 굉장히 아니꼬운 얼굴로 날 부르는 게 아닌가.

"어이, 아가씨."

왜 이러나 싶어 가만히 쳐다보니, 어이없다는 얼굴로 황당한 말을 내뱉는 아저씨.

"왜 나는 안 줘? 사람 무시해?"

"네?"

아저씨는 삿대질로 전단지 뭉치를 가리키며 항의했다.

"이런 것도 사람 가려서 주냐고. 난 왜 안 주는데? 나도 잠재적 고객이야! 이거 은근히 기분 나쁘네."

다행히 그 말에 어이가 없는 건 나뿐만이 아닌지 할머니들도 지랄 염병한다는 얼굴로 아저씨를 쳐다봤다.

에스컬레이터를 타고 오가는 사람들도 무슨 일인가 싶어 힐끔거렸다. 아, 이 인간 때문에 벌써 다섯 명이나 놓쳤다.

"무시한 거 아닌데요. 여성 전용이라 그런 건데……. 필요하면 가지세요."

일부러 맨 뒷장에 숨겨둔 땀방울에 글자가 번진 전단지를 빼서 건네자, 아저씨는 순순히 넘겨받나 싶더니 보란 듯이 전단지를 공처럼 구겨 내 발밑으로 툭 던졌다.

"여자들만 가는 데면 난 필요 없지."

저런 인성 파탄 쓰레기 개저씨를 봤나. 일부러 나한테 시비 걸어서 직장 생활 화풀이라도 한 건지. 한결 가벼워진 발걸음으로 쌩하니 가버리는 개저씨의 뒷모습을 쳐다보고 있자니 어이가 없어서 저절로 헛웃음이 튀어나왔다.

"벨 미친넘을 다 보노. 그냥 마, 개가 짖었다 생각하고 잊아뿌라."

의외였다. 이 씨 할머니가 아닌 김 씨 할머니가 얼빠져 있는 나를 위로해주었다.

웬일이래? 맨날 구박만 할 땐 언제고. 얼떨떨해서 꾸벅 인사하자, 김 씨 할머니는 그 순간을 놓치지 않고 내 앞으로 밀고 들어와 당당히 명당자리를 차지했다. 설상

가상 당황한 내가 어버버 하는 사이에, 이 씨 할머니까지 힘내라는 듯 내 등을 툭툭 두드려주더니 재빨리 김 씨 할머니 뒤에 바짝 붙어 섰다.

이렇게 맨 끝자리까지 밀려난 건, 전단지 알바를 시작한 이래로 처음이다. 지잉, 허벅지에서 진동이 울렸다. 주머니에서 핸드폰을 꺼내 보았다.

― 접수번호 189번님. 이번 전형 과정에서 지원자님의 우수한 역량을 확인하였으나, 아쉽게도 서류 전형에 합격하지 못하였다는 소식을 전하게 되었습니다. 유감의 말씀을 드리며, 앞으로 귀하의 취업에 좋은 결과가 있기를 진심으로 기원하겠습니다.

정중하지만 단호한 어투의 공채 불합격 통보 메시지였다. 아, 오늘 정말 되는 게 없구나. 이 회사에도 내 자리는 없었어. 이로써 마흔두 번째 낙방이었다.

핸드폰을 다시 주머니에 찔러 넣는데, 개저씨가 버리고 간 전단지가 눈에 들어왔다. 이 사람 저 사람 발에 차여 못난 공처럼 이리저리 굴러다니는 전단지가 마치 나를 보는 것만 같아서 괜스레 서글퍼졌다. 하반기에도 공채가 있던가? 어쩌면 올해도 취준생 신분을 못 벗어날지도 모른다는 생각에 찬바람이 불지도 않았는데 목 뒤가 서늘해졌다.

그러나 우울도 잠시, 위잉, 다시 작동하는 에스컬레이터 소리에 할머니들이 부지런히 전단지를 착착 접기 시작했고, 나도 서둘러 전단지를 반으로 접었다.

* * *

아직 대낮처럼 환한 오후 7시, 전단지 완판에 실패하고 혼자 터덜터덜 동네 오르막길을 올라가고 있었다. 명당자리를 놓치는 바람에 평소보다 실적이 저조했다. 남은 전단지는 오십 장 정도. 저녁 시간 전에 해치우려고, 일부러 주택가로 돌아가는 길을 선택했다.

백수 생활 6년 차면 용돈 대신 아르바이트로 직접 생활비를 충당하고, 각종 집안일은 물론 아침, 저녁상 정도는 차려 바쳐야 눈칫밥을 안 먹는다. 가족들에게조차 쓸모 있는 사람으로 보이려고 애쓰는 내 삶이 서글프지만 어쩔 수 없다. 세상은 잔혹하니까. 사회생활은 더 할 거 아냐? 이 정도 눈칫밥쯤이야 뭐, 익숙해져야지. 난 괜찮아.

마치 세뇌라도 하듯이 괜찮다는 말을 중얼거리면서, 반으로 접은 전단지를 보이는 집마다 우편함과 대문 밑에 찔러 넣다 보니 수량이 훅훅 줄어들었다. 오르막길을 올라 철물점을 겸하는 슈퍼 앞에 도착하자 아이스크림 냉동고 옆에 쓰레기통으로 쓰는 상자가 보였다. 남은 전단지는 여기에 다 버리고 갈까 하는 유혹이 밀려들었지만, 그냥 꾸욱 삼키고 발걸음을 재촉했다. 이렇게 멀쩡한데, 이대로 벌써 쓰레기통에 처박는 건 서글프잖아?

코너를 돌자, 골목 끝에 파란 대문이 보였다.

김은성네 집이다. 김은성은 초등학교 6학년 때 같은 반이었으나, 여중에 입학하면서 반이 달라져 등하굣길과 화장실에서만 종종 마주치던 아이였다. 너무 옛날이라 얼굴은 희미해도 몇 가지 특징은 또렷이 기억난다. 내성적이고 조용해서 친구가 없던 아이. 긴 머리를 포니테일로 단정하게 묶고, 군데군데 칠이 벗겨진 헐거운 은테 안경을 쓰고 다니던 아이. 마주칠 때마다 소심하게 눈인사만 나눴던 아이. 쉬는 시간마다 두꺼운 소설책을 읽던 아이. 동네 골목에서 길고양이들에게 소시지를 나눠 주던 아이였다는 것 정도.

김은성은 중학교 2학년 여름방학이 시작되던 날 갑자기 사라졌다. 종업식 후, 교문을 나선 김은성은 집으로 돌아가지 않았고, 가족들이 전국 방방곡곡을 뒤지고 다녔지만 15년이 지난 아직까지도 행방이 묘연했다. 김은성의 부모님도 이사 간 지 오래라 저 파란 대문집은 더 이상 김은성네 집이 아니었지만, 나는 그냥 계속 그렇게 불렀다. 잊힌다는 건 왠지 서글프니까.

파란 대문집 우편함에도 전단지를 찔러 넣고 다음 골목으로 향했다. 어느덧 열 장 정도밖에 남지 않은 전단지 뭉치를 세며 골목을 걷고 있는데, 냐아옹, 고양이 울음소리가 들려왔다.

고개를 들자, 검은 대문 앞에 다소곳이 앉아 있는 새까만 고양이 한 마리와 눈이 마주쳤다. 나는 홀린 듯이 서럽게 울고 있는 고양이에게 다가갔다. 배고파서 우나? 싶어 대문 앞에 놓인 그릇들을 확인해봤지만, 사료도 물도 가득 차 있었다. 냐아옹, 먼저 내 발밑으로 다가와 다리에 얼굴을 비비며 애교를 떠는 녀석을 보니 괜스레 웃음이 절로 나왔다.

"너, 이 짜식. 완전 개냥이구나? 왜 울어? 응?"

살짝 몸을 숙여 손등으로 녀석을 쓰다듬는데, 어디선가 낯선 목소리가 들려왔다.

"걔 지금 밥투정하는 거야."

웬 아줌마 목소리에 뒤를 돌아봤지만, 아무도 보이지 않았다. 잘못 들었나?

다시 목소리가 들려왔다.

"학생! 여기야, 여기!"

당황해서 고개를 이리저리 돌려 사방을 확인해봤지만, 골목에는 나와 이 길고양이뿐. 귀신인가 싶어서 심장이 덜컥 내려앉으면서 양팔에 닭살이 우두두 돋기 시작했다. 그런 나를 놀리기라도 하듯 고양이 녀석은 목소리의 주인이 있는 곳으로 안내했다. 고양이는 검은 대문집의 담벼락 밑에 조그맣게 난 반지하 방 창문 앞에 떡하니 자리를 잡고 앉았다.

창문 앞으로 다가가니, 그제야 쇠창살 사이로 한 아줌마가 손을 내밀고 있는 게 보였다. 50대 후반 정도 되었을까? 우리 엄마 또래로 보이는 아줌마가 미소로 나를 맞이했다.

"어머, 미안. 놀랐어?"

"아, 괜찮아요."

아무렇지 않은 척, 어색하게 웃으며 대답했다. 고양이가 창문에 붙어 서서 애교를 부리자 아줌마는 익숙한 듯 손을 뻗어 고양이를 쓰다듬었다.

"얘, 사료는 지겹다고 안 먹고 참치만 먹어. 밥상에 참치 안 올렸다고 시위하는 거야."

아줌마는 나를 올려다보는데 나만 이렇게 서서 내려다보는 모양새가 예의에 어긋나는 것 같아 나도 슬쩍 고양이 옆에 쭈그리고 앉았다.

"아, 그런 거예요? 난 또……. 너 참 팔자 좋다. 난 아직 밥도 못 먹었는데, 나보다 낫네."

그 말을 하고 나니 공복감이 밀려왔다. 민망함에 꼬르륵 소리 나는 배를 손으로 가리자, 갑자기 아줌마가 꾸깃꾸깃 접은 만 원짜리 지폐 한 장을 건넸다.

"저, 돈 있어요! 괜찮아요. 집에 가서 밥 먹으면 돼요."

당황해서 손사래 치는 나를 향해 아줌마는 활짝 웃으며 말했다.

"학생 말고, 야옹이."

"네?"

무안함과 의아함이 뒤섞여 머릿속이 혼란스러워졌다.

"얘 밥 먹여야지. 집에 참치가 똑 떨어졌어. 요 밑에 슈퍼 가서 좀 사다 줄래? 날도 더운데 하드도 하나 사먹고."

갑자기 확 찬물을 끼얹은 듯 정신이 들었다. 이 아줌마는 왜 다짜고짜 처음 보는 사람한테 심부름을 시키지? 거절하려고 일부러 오버 액션으로 전단지 뭉치를 흔들어 보였다.

"아, 어쩌죠? 해지기 전에 알바 끝내야 해서……. 죄송해요."

"그거, 남은 거 다 나 주면 되잖아. 난 비가 무서워서 못 나가. 쟤 계속 울면 옆집 할아버지가 해코지할지도 몰라서 그래. 빨리 사다 주고 가면 안 될까? 응?"

장마 끝난 지가 언젠데 비는 무슨 비란 말인가. 이상한 아줌마네. 도망쳐야겠다 싶어서 슬그머니 일어서는데, 신기하게도 쿠르릉 쿠릉, 하늘이 앓는 듯한 천둥소리가 들려왔다. 고개를 드니 어느새 먹구름이 가득했다. 정말 금방이라도 비가 퍼부을 것만 같았다. 괜히 기분이 싱숭생숭해졌다.

"아우, 저 소리 들으면 심장이 벌렁벌렁 뛰어서 못 나간다니까. 학생, 착하잖아? 부탁 좀 해, 응?"

아줌마에 이어 고양이까지 부탁한다는 듯 냐아옹, 울기 시작했고, 여기서 거절하면 나만 매몰찬 사람이 되는 것 같은 이상한 죄책감에 어쩔 수 없이 다시 창가 앞에 쭈그려 앉았다. 아줌마가 내민 만 원을 받으며 물었다.

"참치캔만 사다 드리면 돼요? 몇 개나요?"

아까는 몰랐는데, 이제 보니 집 안이 어두워 방 안 풍경이 잘 보이지 않았다. 바깥에서 들어오는 빛에 아줌마의 얼굴만 간신히 보이는 게 왠지 비현실적이라는 생각이 들기도 했다.

"참치 두 개랑 자전거 열쇠 제일 싼 거 하나. 자물쇠 달린 거 알지?"

아줌마는 주머니에서 만 원 한 장을 더 꺼내, 내 손에 쥐여주었다.

"고마워, 학생. 잔돈은 정말 다 가져."

총 이만 원을 받은 나는 미소 짓는 아줌마와 배고파 우는 고양이를 뒤로하고 서둘러 슈퍼 겸 철물점으로 향했다.

* * *

참치캔 두 개와 자전거 열쇠는 미리 계산대 위에 올려놓고, 슈퍼 밖으로 나와 아이스크림 냉동고 문을 힘껏 열었다. 후덥지근함에 이미 온몸과 얼굴이 땀범벅이었기에 아이스크림을 뒤지는 척하면서 냉동고 속에 한껏 머리를 처박았다. 위잉, 전기 소리와 소름 돋는 냉기에 머리카락이 쭈뼛쭈뼛 곤두서는 것 같았다. 나는 아이스크림 더미 속에 손을 깊숙이 넣어 신중하게 헤집다가 맨 밑에 깔려 있던 하드를 찾아 꺼냈다.

나에겐 아이스크림을 살 때 지켜야 하는 이상한 원칙이 하나 있는데, 그것은 내가 아니면 아무도 안 가져갈 것 같은, 가장 깊은 곳에 숨겨진 아이스크림을 고르는 것이었다. 그러면 마치 내가 아이스크림의 구원자라도 된 것 같아서 기분이 좋아지더라고.

물건들이 든 검은 봉지를 들고, 하드를 입에 문 채 슈퍼를 빠져나왔다. 나는 다시 코너를 돌아, 김은성네 파란 대문을 지나, 골목을 넘어, 검은 대문 앞에 도착했다.

그러나 어느새 밥투정하던 고양이 녀석은 어딘가로 훌쩍 사라지고 없었고, 창문 너머에도 아줌마의 모습은 보이질 않았다. 그 사이에 하늘은 제법 어둑어둑해졌다. 톡, 톡, 톡. 한두 방울씩 빗방울까지 떨어지기 시작했다.

빨리 참치 주고 가야 하는데. 다급함에 남은 하드를 한입에 해결하고, 반지하 방 창문 앞에 쭈그리고 앉아 애타게 아줌마를 불렀다.

"저기요, 참치캔 사 왔는데요. 아줌마? 아줌마!"

"잠깐 들어왔다 가. 우산 빌려줄게."

이번에는 창문이 아닌 담벼락 너머에서 아줌마의 목소리가 들려왔다. 괜찮다고 거절하려는데, 한층 더 굵어진 빗방울이 후두두둑 떨어지더니 순식간에 쏴아아아, 요란한 소리를 내며 미친 듯이 퍼붓기 시작했다.

이번에도 아줌마의 부탁을 거절하지는 못하겠구나 생각하자 삑, 잠금이 해제되는 소리와 함께 검은 대문이 열렸다. 폐지와 각종 재활용품이 가득 쌓인 마당을 지나 현관문을 열고 집 안에 들어섰다. 아이스크림 냉동고에 머리를 처박았을 때처럼 서늘함이 느껴졌다.

처음 만난 아줌마의 처음 보는 집 안 모습은 가히 충격적이었다. 언젠가 특수 청소업체 유튜버의 영상에서 본 집이 떠올라 나도 모르게 헉 소리를 내고 말았다. 사람들이 '쓰레기 집'이라고 부르던 저장강박증 환자의 집을 무료로 치워주는 봉사활동 영상이었는데, 온갖 물건들과 쓰레기가 뒤섞여 앉아서 밥 먹거나 발 뻗고 누워 잠을 잘 만한 작은 공간조차 없는 곳이었다. 저런 데서도 사람이 사는구나 싶어 놀랐었는데, 이 아줌마의 집도 그 집과 비슷했다. 거실을 가로질러 한 사람이 겨우 몸을 숙여 지나갈 정도의 길만 나 있고, 나머지 공간은 전부 잡동사니로 꽉 차서 집 안 구조를 조금도 가늠할 수 없었다.

"아유, 다 젖었네. 어서 들어와."

"괜찮아요."

아줌마의 손짓에도 나는 신발도 벗지 않은 채로 그대로 현관에 우두커니 서 있었다. 젖은 운동화에서 새어 나온 구정물이 순식간에 현관을 더럽혔다.

"잠깐만."

내가 집 안으로 들어갈 생각이 없다는 걸 느꼈는지, 아줌마는 갑자기 혼자 거실로 들어가더니 언제 빨았는지 모를, 낡고 더러운 수건을 가져와 건넸다. 나는 수건을 받으면서, 물물교환이라도 하듯 검은 봉지를 넘겨주었다. 찝찝함에 수건으로 얼굴을 닦는 대신, 괜스레 물 먹은 전단지 뭉치만 꾹꾹 눌러 닦았다.

그런 나를 빤히 쳐다보던 아줌마는 갑자기 내 손에서 전단지 뭉치를 빼앗아가더니, 소중한 물건처럼 품에 안아 들었다.

"어? 그거 다 젖었는데. 집에 가서 버리면 돼요. 주세요."

난감한 얼굴로 말하는 나에게 아줌마는 묘한 미소를 지어 보이며 말했다.

"괜찮아, 여기선 아무것도 버릴 필요 없어. 다 쓸모가 있거든."

다 젖은 전단지가 무슨 쓸모가 있다고. 의구심이 들었지만, 아줌마 뒤로 보이는 집 안 가득 쌓인 물건들을 보니 아줌마의 말이 납득이 가긴 했다.

"뭐가 참 많네요? 이걸 혼자 다 모으신 거예요?"

"그럼 혼자 하지. 맘에 드는 거 있음 골라봐. 없는 게 없어."

자부심이 느껴지는 아줌마의 말에 나는 그저 대답 없이 어색하게 웃어 보였다.

정적을 깨고 냐아옹, 집 안 어딘가에서 고양이 녀석의

익숙한 울음소리가 들려왔다. 저 녀석, 길고양이가 아니라 이 집에서 사는 애였어? 이거 왠지 속은 기분인데.

"지 밥 온 거 딱 알고 우는 거 봐."

아줌마는 검은 봉지에서 참치캔 하나를 꺼내 내 손에 쥐여주며 말을 덧붙였다.

"우산 찾는 동안 야옹이 밥 좀 줄래? 기름은 몸에 나쁘니까 물에 싹 씻어서 건더기만."

"아……. 저 지금 가야 되는데. 우산은 괜찮아요. 뛰어가면 돼요."

수건과 참치캔을 신발장 위에 놓고 뒤돌아섰다. 그러자 번개가 번쩍하더니, 우르릉 쾅쾅! 천둥소리가 집 안까지 울렸다. 현관문 손잡이로 향하던 내 손이 멈칫하는 걸 아줌마도 봤는지 재빨리 말했다.

"아유, 밖에 저 난린데, 우산도 없이 어떻게 가. 가만있어봐, 작은방에 몇 개 있었는데."

"아뇨, 저 그냥……."

아줌마는 내 말은 듣지도 않은 채, 종종걸음으로 사라졌다. 설상가상 어디에 숨었는지 보이지 않는 고양이 녀석까지 재촉하듯 냐아옹, 울기 시작하자 한숨이 저절로 나왔다. 그냥 빨리 밥 주고 가자. 어쩔 수 없이 젖은 운동화를 벗고, 쓰레기 미로 속으로 한 발 내디뎠다.

아줌마가 주고 간 참치캔을 톡 따서 들고 거실 깊숙이 들어왔지만, 천장까지 높이 쌓인 물건들 때문에 어디가 부엌이고 어디가 화장실인지 도통 알 수가 없었다.

한참 주변을 두리번거리는데, 문득 헌책들 위에 아까 지하철역에서 개저씨가 구겨서 던져 버렸던 전단지 뭉치가 놓여 있는 게 눈에 들어왔다. 어? 이게 어떻게 여기 있지? 아니지, 다른 전단지겠지. 그게 여기 있을 리가 없잖아. 그나저나 참치 기름은 씻어서 주랬는데. 기름 좀 먹는다고 죽진 않겠지? 그냥 아무 데나 두고 가면 알아서 먹을 거 같은데.

별별 생각을 다 하며 쓰레기 미로를 헤매는데, 어디선가 똑, 똑, 똑, 수도꼭지에서 물이 떨어지는 소리가 들려왔다. 그 소리를 따라 걷다 보니 어느 방문 앞에 도착했다. 살짝 열린 문틈 사이로 물소리가 또렷이 들렸다.

방문에 손을 갖다 대자, 힘을 주지도 않았는데도 저절로 스르륵 열렸다. 그러나 예상과 달리 부엌도 화장실도 아닌 그냥 빈방이었다. 물건이 가득 차 있던 거실과 달리 휑하니 아무것도 없는 공간을 보니 이상하게 허전하고 서글픈 감정이 밀려들었다.

똑, 똑, 똑. 물소리의 근원을 찾아 방안을 둘러보니, 수도꼭지가 아니라 창문에서 빗방울이 새어 들어오는 소리였다. 쇠창살이 쳐진 작은 창문. 담벼락에 나 있던 반지하 방 창문이었다. 어? 이상하다? 분명히 1층으로 들어왔는데, 왜 여긴 반지하지?

창문으로 다가가 쇠창살을 붙잡고 창밖을 내다보았지만, 해가 다 져서인지 빗소리만 들릴 뿐 골목 풍경은 하나도 보이질 않았다. 그저 칠흑 같은 어둠뿐이었다.

까치발을 드는데, 툭, 엄지발가락에 딱딱한 무언가가 걸렸다. 고개를 숙이니 군데군데 칠이 벗겨진 은테 안경이 보였다.

익숙한 듯 낯선 안경을 내려다보다, 불현듯 발끝에서부터 머리끝까지 소름이 쫙 끼쳤다. 손에 힘이 빠져, 놓쳐버린 참치캔이 은테 안경 옆으로 떨어졌다. 은테 안경을 쓴 김은성이 길고양이들에게 소시지를 주던 모습이 떠오르면서 손이 덜덜 떨려오기 시작했다.

그때, 쓰레기 미로 속에서 아줌마가 나타났다.

"여기서 뭐 해?"

어느샌가 방문 앞에 서서 나를 보고 있었다. 심장이 멎는 것 같았다.

아줌마는 왼손으로는 물 먹은 전단지 뭉치를 가슴에

안고, 오른손에는 검은 우산을 든 채 나를 보고 웃고 있었다. 침착하자. 아무렇지 않게 말하는 거야.

"휴지 좀…… 주세요."

나는 바닥에 쭈그려 앉아 떨어진 참치캔을 주워들었다.

"그냥 둬. 안 치워도 돼."

"닦아야죠. 기름 다 묻었는데."

최대한 차분한 목소리를 흉내 내며 말했지만, 아줌마는 느긋한 미소를 지으며 말했다.

"그 안경이 맘에 들어?"

안경이라는 말에 다시 손이 덜덜 떨려오기 시작했다. 나는 다시 슬그머니 몸을 일으켰다. 잔뜩 긴장해서, 굳은 얼굴로, 구부정하게 서 있는 나를 빤히 보던 아줌마는 실소를 터뜨리면서 검은 우산을 내밀었다. 우산살 몇 개가 밖으로 삐죽 튀어나와 있는 걸 보아 고장 난 게 분명했다. 직접 가져가라는 듯, 여유로운 미소와 우월한 태도. 아줌마는 처음 본 순간부터 계속 우위에 서 있었다.

나가야 해. 나가야 해. 빨리 여기서 나가야 해. 그 생각이 머릿속을 가득 채웠다. 천천히 한 걸음, 한 걸음 아줌마를 향해 다가갔다. 약간의 거리를 두고 멈춰선 나는 우산을 향해 조심스럽게 손을 내밀었다. 손 떨림을 최소화하기 위해 손가락 끝까지 다 힘을 주고 있었지만, 손끝이 우산에 채 닿기도 전에 아줌마는 도로 우산을 거둬들였다. 허공에 덩그러니 남겨진 내 손이 눈에 띄게 덜덜덜 떨렸다. 아줌마는 나를 다독이듯 친절한 목소리로 천천히 말했다.

"여기선 더 이상 버림받지 않아도 돼. 쓸모 있는 사람이 되는 거야."

의도를 알 수 없는 아줌마의 말에 머릿속이 새하얘진 나는 아무 대답도 할 수 없었다. 땀방울이 구레나룻을 타고 주르륵 흘러내렸다. 더위에 의한 땀이 아니라 긴장과 불안에 의한 땀이었다. 아줌마는 나를 보고 그저 오묘한 미소만 짓고 있었다.

겨우 정신을 차리고, 속으로 숫자를 셌다. 발끝에 힘을 주고, 하나, 둘, 셋! 재빨리 몸을 날렸지만, 아줌마가 조금 더 빨랐다. 아줌마는 우악스러운 손길로 문 뒤를 향해 달려드는 나를 밀어 넘어뜨렸고, 덕분에 나는 속수무책으로 물먹은 전단지 뭉치와 함께 방바닥을 나뒹굴었다.

아픔을 느낄 새도 없이 곧장 몸을 일으켜 달렸지만, 방문은 바로 코앞에서 사정없이 쾅! 닫히고 말았다.

"아줌마! 장난치지 말고 문 열어요! 빨리요! 아줌마!"

손잡이를 돌리며 거칠게 문을 두드렸지만, 문밖에선

강민지

끼긱거리는 쇳소리만 들려왔다. 뒤이어 문고리에 자물쇠를 채우는지 찰칵하는 소리가 이어졌다. 낡은 자물쇠로 문을 잠근 다음 내가 사다 준 자전거 열쇠로 한 번더 단단하게 고정하는 아줌마의 모습을 상상하니 왈칵울음이 터져 나왔다.

"나한테 왜 이래요, 진짜! 문 열라고!"

나의 울음소리에도 아줌마는 아무런 대꾸도 하지 않았다. 이내 점점 멀어지는 발소리가 들려왔다. 문을 부술 수도 없고, 이제 어떡하지? 그래, 구해달라고 하자. 데리러 와달라고 하는 거야. 재빨리 주머니에서 핸드폰을 꺼냈다. 그러나 아무리 버튼을 눌러도 까만 화면은 아무런 반응이 없었다. 아, 배터리 나갔나 봐. 왜 하필 지금인데? 어? 제발 좀 켜지라고! 그러나 이미 방전된 핸드폰은 무슨 짓을 해도 다시 켜지질 않았다. 빗방울이 새어 들어오는 창문으로 달려가 쇠창살을 붙잡고바깥을 내다봤지만, 여전히 어둠뿐, 아무것도 보이질않았다.

"살려주세요! 여기요! 아무도 없어요?"

창밖을 향해 목이 터져라 소리를 질렀다. 하지만 내목소리보다 천둥소리와 빗소리가 더 크게 들려왔다.

공포에 이어 절망과 무력감이 밀려들었다. 아무도 여

길 들여다보지 않을 거야. 아무도 내가 이 집에 있는 걸 모를 거야. 아무도 날 찾지 못할 거야. 두려움에 온몸이 덜덜 떨리기 시작했다. 그대로 주저앉아 벽에 등을 기대고 무릎을 껴안았다.

집중하자, 집중해. 방법을 찾아야 해. 심호흡을 몇 번 하니, 점차 이성이 돌아오기 시작했다. 내일 아침까지 기다리기엔 저 싸이코 아줌마가 또 무슨 짓을 벌일지 모르잖아? 최대한 빨리 여기서 나가야 해. 그러려면 먼저 내 위치부터 알려야 할 텐데. 어떡하지?

문득 장판에 찰싹 달라붙어 있는 물먹은 전단지들이 눈에 들어왔다. 아줌마 말처럼 저 전단지가 정말 쓸모가 있을지도 모르겠다.

그때 어디선가 냐아옹, 고양이 울음소리가 들려왔다. 고개를 드니 곰팡이로 얼룩덜룩한 벽지가 일렁거리는 게 보였다. 울음소리가 벽지 너머에서 들리는 것 같은 건, 내 착각일까? 그러던 찰나, 벽지에서 고양이 그림자가 쑤욱 나오더니, 뒤이어 웬 교복 입은 여자애 그림자가 빠져나오는 게 보였다.

얼굴은 보이지 않았지만 본능적으로 누군지 알 것 같았다. 김은성이다. 김은성 뒤로도 알 수 없는 사람들의 그림자가 우르르 빠져나오는 게 보였다. 그림자 무리는 이내 하나로 뭉쳐져 거대한 어둠의 파도로 변해 나를 향해 밀려오기 시작했다.

아까 골목에서 창문 너머로 보았던 집 안의 어둠이 이 그림자들이었구나. 그 사실을 깨닫는 순간, 시간이 얼마 남지 않았다는 걸 본능적으로 알 수 있었다. 재빨리 물먹은 전단지를 구기며 간절히 기도하기 시작했다.

누구라도 좋으니, 날 발견해줘. 제발 날 찾아줘.

* * *

어느새 비가 그친 늦은 밤. 술에 취해 귀가하던 형철은 끝내 참지 못하고 골목 전봇대 뒤에 숨어 노상 방뇨를 하기 시작했다. 적막함이 감도는 골목에 졸졸졸 물소리와 함께 형철의 거친 목소리가 울려 퍼졌다.

"씨바알……. 김 차장 이 좆같은 새끼. 지가 잘났음 얼마나 잘났다고. 확, 그냥 쑤셔버릴까보다."

이내 시원찮은 오줌 줄기가 멈추자, 형철은 부르르 몸을 떨며 지퍼를 올렸다. 골목을 빠져나가기 위해 무거운 발걸음을 옮기던 그는 미끄덩한 무언가를 밟는 바람에 뒤로 자빠질 뻔했다. 형철은 놀라서 술이 확 깨는 것을 느꼈다.

"에이, 썅."

간신히 중심을 잡고 똑바로 선 형철이 근육이 놀라 뻐근해진 허리를 문질렀다. 발을 들어 보니 구두 밑창에 물에 젖어 형체를 알아볼 수 없을 만큼 너덜너덜해진 전단지 쪼가리가 붙어 있는 게 보였다.

형철은 전단지 쪼가리를 떼어내려고 신경질적으로 구두 밑창을 아스팔트 바닥에 벅벅 문지르기 시작했다. 그제야 주변으로 전단지 공 뭉치들이 여기저기 떨어져 있는 것이 그의 눈에 들어왔다.

"에이 씨바알, 재수 없게."

형철이 카악 퉤, 너덜너덜해진 전단지 위로 가래침을 뱉는데, 어디선가 새로운 전단지 공 뭉치가 하나 더 또르르 굴러오더니 그의 구둣발에 툭 부딪혀 멈췄다.

"아저씨! 여기요! 여기!"

정체불명의 여자 목소리에 형철은 주변을 두리번거렸지만, 아무도 보이지 않았다.

"여기라니까요! 아저씨!"

그때, 전봇대 옆 담벼락에 난 작은 반지하 방 창문으로 손 하나가 쑤욱 빠져나왔다. 놀란 형철이 몸을 숙여 창문 안을 들여다봤지만, 불이 꺼진 방 안은 어두워 여자의 실루엣만 간신히 보였다.

"나 좀 도와줄 수 있어요? 급한데."

여자의 느닷없는 부탁에 형철은 귀찮다는 얼굴로, 더 들을 것도 없다는 듯 일어섰다. 여자의 손이 다급히 형철의 바짓단을 붙잡았다.

"정말 급해서 그래요. 부탁 좀 들어줘요. 네?"

"에이 씨, 별게 다 지랄이네."

형철이 짜증을 내며 다리를 털었지만, 여자는 오히려 바짓단을 더 세게 붙잡을 뿐이었다.

"아, 이거 왜 이래? 미친년이……! 야! 안 놔?"

형철이 목소리를 높이자, 여자는 다급히 쇠창살 가까이 얼굴을 붙이며 말했다.

"요 밑에 슈퍼 가서 자전거 열쇠 하나만 사다 줘요. 문 닫을 때 다 됐어! 빨리요!"

가로등 불빛에 처음으로 여자의 얼굴이 환하게 드러났다. 평범하고 푸근한 인상의 중년 여자였다.

"그렇게 급하면 직접 가든가!"

"사정이 있어서 그래요. 심부름 값은 얼마든지 줄 테니까, 부탁 좀 합시다. 네?"

아줌마는 한 손으로 주머니에서 오만원권 다발을 꺼내 흔들어 보였다.

돈다발을 확인한 형철의 눈빛에 생기가 돌기 시작했

쓸모 있는 것들

다. 짜증이 가득하던 얼굴엔 어느새 탐욕의 미소가 번져갔다.

"그 돈…… 진짜 다, 나 준다고? 자전거 열쇠만 사다 주면 된다는 거죠?"

형철의 말에 아줌마는 웃으며 고개를 끄덕였다. 형철은 속으로 생각했다.

재수 없는 게 아니라, 오히려 운수가 좋은 거였다고.

* * *

뒤에서 아줌마와 개저씨의 대화를 지켜보고 있자니 나도 모르게 킥킥 웃음이 새어 나왔다. 허탈함, 무력감 그리고 통쾌함이 뒤섞인 이상한 웃음이었다.

전단지를 구겨 창밖으로 구조신호를 보낸다는 내 아이디어는 나름 기발했으나 처참히 실패로 돌아갔다. 이 싸이코 아줌마와 쓰레기 집의 정체가 무엇인지 정확히 알 수는 없지만, 그게 뭐든 내 상상을 뛰어넘는 존재들인 것은 분명했다. 그림자 덩어리들은 계속해서 나를 곰팡이 핀 벽 너머의 알 수 없는 세계로 끌어당겼고, 더 이상은 어떤 탈출 시도도 불가능했다.

개저씨가 슈퍼로 떠나자, 창문에 붙어 서 있던 아줌마

가 돌아섰다. 아줌마는 벽 사이로 간신히 목만 내밀고 있던 나를 향해 신난 목소리로 말했다.

"봐, 내 말이 맞지? 다 쓸모가 있다니까."

아줌마 말이 맞다면, 저 인간은 대체 어떤 쓸모가 있을까? 궁금해지는 순간이었다.

"이제 걱정하지마. 새롭게 태어나는 거야."

아줌마는 특유의 느긋한 미소를 지어 보이곤, 손님맞이를 위해 서둘러 방을 나갔다. 고요함 속에서 점차 어둠에 잠식되어 가는 동안 서서히 마음이 평온해짐을 느낄 수 있었다. 왠지 더는 서글프지 않아도 될 것 같다는 이상한 안도감이었다.

나는 더 이상 예전의 내가 아니다. 이제 쓸모 있는 사람으로 거듭날 테니까.

작가의 말

「쓸모 있는 것들」은 '나는 과연 쓸모 있는 인간인가?'라는 질문에서 시작한 호러 소설입니다.

스스로를 쓸모없는 인간이라 자조하는 이에게 가장 큰 공포는 절망이지 않을까 생각했습니다. 희망이 없는 것만큼 무서운 것은 없으니까요.

이 소설이 여러분의 기억에 여름이 되면, 또는 길을 지나다 전단지를 받았을 때 문득 떠오르는 이야기로 남으면 좋겠습니다.

『이달의 장르소설』을 통해 제 글을 소개하게 되어 설렙니다. 저의 글쓰기를 늘 응원해주시고 지지해주시는 분들, 그리고 「쓸모 있는 것들」을 읽어주신 모든 분들에게 감사의 마음을 전합니다.

쓸모 있는 글을 쓰는 작가가 되도록 더욱 노력하겠습니다.